heartbeat

Janet Quin-Harkin

Verliebt in einen Traumtyp

heartbeat
Die Serie über die erste Liebe

Weitere Titel der Serie im Taschenbuchprogramm bei RAVENSBURGER

RTB 58046
Janet Quin-Harkin
Was ist schon New York City?

RTB 58048
Katherine Applegate
Geteilte Liebe

RTB 58049
Callie West
Chris + Amy = ?

RTB 58051
Katherine Applegate
Sei cool, Christopher!

RTB 58301
Elizabeth Chandler
Der Typ zwischen uns

RTB 58302
Randi Reisfeld
Dannys Geheimnis

RTB 58303
Everett Owens
Geheimnisvolle Jennifer

RTB 58304
Karen Michaels
Sommernächte

RTB 58305
Stephanie Sinclair
Gerüchte um Julia

RTB 58306
Karin Kinge Lindboe
Stimme des Herzens

RTB 58307
Dyan Sheldon
Ich bin, wie ich bin

RTB 58308
Ali Brooke
Der große Traum

RTB 58309
Elizabeth Craft
Liebe ist kein Spiel

RTB 58310
Lynn Mason
Voll verliebt!

RTB 58311
Elizabeth Winfrey
Mehr als nur ein Freund?

RTB 58312
Elizabeth Bernard
Wie küsst man einen Jungen?

RTB 58313
Ellen Schreiber
Lovesong

RTB 58314
Wendy Loggia
Eine neue Liebe

RTB 58317
Diane Namm
Liebe in Gefahr

Janet Quin-Harkin

Verliebt in einen Traumtyp

Aus dem Amerikanischen
von Martin-Christoph Just

Ravensburger Buchverlag

Als Ravensburger Taschenbuch
Band 58315
erschienen 2001

Die Originalausgabe erschien 1996
bei Bantam, New York
Love Stories No. 13

unter dem Titel »Who Do You Love?«
Published by arrangement with
Bantam Doubleday Dell Books For Young Readers,
a division of Bantam Doubleday Dell Publishing Group, Inc.,
New York, New York, U.S.A.

Die Deutsche Erstausgabe erschien 1998
in den Ravensburger Taschenbüchern
(RTB 58070)

Umschlagkonzeption: Kursiv Visuelle Kommunikation
unter Verwendung eines Fotos der Bavaria Bildagentur

Printed in Germany

**Die Schreibweise entspricht den Regeln
der neuen Rechtschreibung.**

5 4 3 2 1 05 04 03 02 01

ISBN 3-473-58315-4

www.ravensburger.de

heartbeat
heartbeat

Kapitel 1

Nie werde ich den Tag vergessen, an dem ich Troy Woodson traf – Kapitän der Footballmannschaft und der coolste Typ von ganz Berkeley High.

Ich steh wohl immer noch etwas unter Schock darüber, dass ein so heißer Typ wie Troy ausgerechnet mich zur Freundin haben wollte. Nicht, dass ich irgendwie ein Loser bin oder so – im Gegenteil; ich glaube, ich seh ziemlich gut aus – jedenfalls, wenn ich mir etwas Zeit zum Aufstylen nehme, was aber selten vorkommt. Ich bin nicht gerade die Größte mit meinen einssechzig. Und ich seh jünger aus als sechzehn, besonders wenn ich mein langes braunes Haar als Pferdeschwanz trage. Früher fand ich es toll, wenn mein Haar im Sommer von der Sonne blonde Strähnen kriegte; aber das war, bevor ich jede freie Minute auf der Eisbahn verbrachte.

Mein Traum ist es, als Eiskunstläuferin bei den Olympischen Spielen zu starten. Und meine Trainerin, Myra Richards, meint, es ist dabei besser, wenn man jünger aussieht. Manchmal sind die Preisrichter nicht so streng mit jüngeren Läufern und übersehen schon mal einen Fehler.

Wie dem auch sei ... ich bin jedenfalls nicht, was man umschwärmt nennt – und es gibt viele umschwärmte Mädchen an der Berkeley High School. In Wahrheit bin ich ziemlich schüchtern – wenn ich nicht gerade auf dem Eis bin. Und mein ganzes Leben dreht sich so ums Eislaufen, dass ich gar nicht die Zeit habe für das normale Schulzeugs – so wie Footballspiele angucken, mit Freunden rumhängen oder sich mit Jungs verabreden.

Es war das Eislaufen, das Troy und mich zusammengebracht hat. Die meisten Leute, die mich kennen, meinten, dass ich bescheuert wär, jeden Morgen vor fünf aufzustehen und so viel Zeit auf der Bahn zu verbringen.

Sie fragten: »Denkst du wirklich, dass du es schaffst, zu den Olympischen Spielen zu kommen?«, und sahen so aus, als könnten sie sich nur mit sehr viel Mühe das Grinsen verkneifen.

Und ich hab jedes Mal geantwortet »Aber voll!«, mit dem selbstbewusstesten Lächeln, das ich bringen konnte.

Und dieses Selbstbewusstsein war sicher auch ein Grund, warum unsere Lokalzeitung sich entschloss, mich in einem Sonderbericht vorzustellen. Vor etwa einem Monat schickten sie einen Reporter und einen Fotografen an unsere Schule und zur Eisbahn. Der Artikel hieß dann »Ein Tag im Leben eines Stars von morgen«.

Man konnte mich an dem Tag kaum übersehen, mit dem Reporter und dem Fotografen im Schlepptau, die mir nicht von der Pelle gingen. Und da ich so klein bin, fand der Fotograf die Idee total witzig, mich neben einem der Riesenkerle aus dem Footballteam zu knipsen.

»Wer ist denn der Star in eurer Footballmannschaft?«, hatte der Reporter gefragt, als wir über den Platz gingen. Ich erzählte ihm von Troy – dass er der Star-Quarterback und Kapitän war –, und da hat er als Bildunterschrift genommen: »Zwei Namen, die man sich unbedingt merken sollte: Kirsten und Troy – Sportasse der Zukunft«.

Troy sah an dem Tag besonders klasse aus mit seinen dunklen Haaren, und ich hatte verstohlen zu ihm hingeblinzelt. Das Haar war ihm in die Augen gefallen, und er war knallrot geworden. Ich weiß noch, dass ich dachte: Jetzt sieht er wie ein normaler Mensch aus, nicht mehr wie so ein Sportidol, das man nur anschmachten kann.

»Stars der Zukunft, oder was?« Troy hatte mich angestupst, als ob wir beide zusammen ein Geheimnis hätten.

»Sicher. Warum nicht?«, hatte ich geantwortet, und dann mutig hinzugefügt: »Ich komme, wenn du im Footballendspiel um die Superbowl bist und wenn du zu meinem Olympialauf kommst.«

Er hatte mir die Hand hingestreckt: »Abgemacht.«

Nachdem das ganze Fotografieren zu Ende war, hatte Troy mir angeboten, mich nach Hause zu fahren. Natürlich war ich clever genug gewesen, ihm nicht auf die Nase zu binden, dass mein Auto auf dem Parkplatz vor der Schule stand. Ich glaube, ich hab auf dem ganzen Nachhauseweg in Troys schwarzem BMW gar nicht mit Grinsen aufgehört.

»Hast du irgendwann noch für andere Sachen Zeit außer Eislaufen?«, hatte Troy gefragt, als er ein paar Minuten später vor unserem Haus anhielt. »Läufst du wirklich jeden Tag?«

Ich weiß noch, dass ich genickt habe; die Zunge klebte mir am Gaumen vor Aufregung, so dicht neben Troy zu sitzen.

»Das ist cool«, hatte Troy gesagt. »Geht mir genauso mit Football.« Dann hatte er mich auf eine Party eingeladen.

Die Party war die irrste Nacht meines Lebens, noch irrer als die nach dem ersten echten Wettkampf, den ich gewonnen hatte und wo ich mit dem Pokal im Arm eingeschlafen war. Troy blieb die ganze Zeit bei mir wie angeklebt, und es war eben einfach irre.

Ich bin praktisch nach Haus geschwebt an diesem Abend. Und als Troy sich ganz dicht an mich schmiegte und seine Lippen gegen meine presste ... da hatte ich Angst, ich würde explodieren! Es war ein traumhafter Kuss. Nicht dass ich viel Erfahrung mit Küssen gehabt hätte. Troy hat mich zärtlich in die Arme genommen und seine Lippen näher und näher an meine gebracht, bis sie sich endlich ganz zart berührten. Ich hab gedacht, ich zerfließe vor Glück. Troys Lippen waren so warm, und er hielt mich ganz fest – es war ein unbeschreibliches Gefühl. Ich wette, wär ich in der Nacht noch aufs Eis gegangen – ich hätte auch *Vierfach*-Sprünge geschafft.

Seitdem sind Troy und ich zusammen. Und es ist absolut megatoll. Zum ersten Mal seit ich überhaupt denken kann gibt es für mich auch ein Leben außerhalb der Eisbahn. Und ich kann noch immer nicht glauben, was ich bislang alles verpasst hatte.

Troy ist in mein Leben gekommen wie ein warmer Frühlingshauch, und er hat mir die Welt eröffnet. Ich war nicht mehr die einsame Eisläuferin; plötzlich war ich ein Promi. Kirsten Hayes – Freundin des umschwärmtesten Jungen der ganzen Schule. Wenn ich jetzt mit Troys Lederjacke um die Schultern durch den Korridor ging, drehten sich die Leute um, um Hallo zu sagen. Manchmal musste ich mich kneifen, wenn Troy neben mir auf den warmen Steinstufen vor der Schule saß oder wenn er mich vom Footballfeld her anlächelte. Falls dies ein Traum war, wollte ich, dass er niemals aufhörte.

»So, noch mal vom Anfang«, sagte Myra, als ich zum Atemholen an die Bande fuhr.

»Wie bitte?« Ich musste mich verhört haben. Sie konnte ja wohl nicht im Ernst verlangen, dass ich das alles noch einmal machte. Ich war schon zwei Stunden lang gelaufen, und meine Beine waren wie Marmelade.

»Vom Anfang«, sagte sie ruhig. »Das ganze Programm, Kirsten, und sieh zu, dass du es diesmal schaffst, ohne hinzufallen.«

»Aber Myra …«, begann ich. Mein Nachmittagstraining auf der Bahn geht normal von halb vier bis halb sechs. Ich blinzelte zur Uhr über der Kabine, wo der Stadionsprecher bei den Eishockeyspielen sitzt. Es war schon nach halb sechs, und ich war k.o.

»Willst du den dreifachen Toeloop hinkriegen oder nicht?«, fragte sie.

»Natürlich, aber …« Ich brach gefrustet ab.

Myra glitt über das Eis, so leicht, als ob sie über die Straße ging. Als ich sah, wie sie das Band mit meiner Kür-Musik zurückspulte, wusste ich, dass sie jeden Einwand ignorieren würde. Ich betrachtete ihren mit Webpelz bekleideten Rücken fast schon hasserfüllt.

Myra war eine süße, omahafte Dame. Sie brüllte nie. Sie war immer ruhig, und sie war meine Trainerin, seit ich denken konnte. Aber manchmal brachte sie mich zur Weißglut.

Mein Mund war rau wie Sandpapier. Und meine Beine – wie gesagt, ich war kurz vorm Zusammenbrechen. Aber ich sagte kein einziges Wort mehr. Wenn es eine Sache gibt, die ich in acht Jahren Eislaufen gelernt habe, dann die, dass es zwecklos ist, mit Myra zu streiten. Sie hat immer das letzte Wort. Außerdem hatte sie Recht: Ich wollte den Dreifachsprung hinkriegen.

Myra hatte erst vor ein paar Wochen angefangen, mir den dreifachen Toeloop beizubringen – ungefähr zu der Zeit, als ich Troy traf – und es war immer noch schwierig und aufregend. Irgendwie hatte ich den Bogen noch nicht ganz raus, aber ich war kurz davor, es zu schaffen – nur noch eine halbe Drehung in der Luft, und ich hatte es gepackt!

Und wenn ich es gepackt hatte, würde ich eine der ganz heißen Nummern sein. Dann hätte ich wirklich eine Chance, am Ende zu den Olympischen Spielen zu kommen, echt. Dreifachsprünge waren zwar ein *gefordertes* Element im Pflichtprogramm, aber man konnte die Preisrichter trotzdem damit beeindrucken. Steh drei Dreifachsprünge in deinem Programm, und du hast es geschafft.

Das hatte ich bei den Jugend-Landesmeisterschaften im letzten Frühling gelernt. Im Jahr davor hatte ich Bronze bei den Juniorenmeisterschaften gewonnen. Daher war ich natürlich super zuversichtlich, als ich vor ein paar Monaten mit meiner Mutter und mit Myra ins Flugzeug nach Providence stieg, um an den Meisterschaften teilzunehmen. Ich hatte mir selbst versprochen, nicht enttäuscht zu sein, wenn es nicht zu einer Medaille reichen sollte. Unter den ersten sechs ist okay, hatte ich mir gesagt. Im nächsten Jahr wäre ich dann sichere Medaillenanwärterin gewesen, rechtzeitig zur Winterolympiade 1998.

Aber ich war nur Elfte geworden. Was für ein Schock für mein Ego! Ich hatte mich schon daran gewöhnt, ein Star zu sein. Nummer eins zu sein. Auf der Eisbahn zu Hause war ich die einzige Läuferin auf meinem Level, und ich hatte ein Regal voll mit Pokalen, gewonnen bei Ortswettkämpfen, bei Regionalmeisterschaften und schließlich bei den Junioren-Landesmeisterschaften.

Nach dem elften Platz in Providence wusste ich, dass noch ein langer Weg vor mir lag. Die besten Läuferinnen hatten Dreifachsprünge in ihrem Programm, alle. Es war egal, dass meine Spirallinien perfekt waren oder dass ich die beste Beinarbeit bei den Tanzschritten hatte. Ohne Dreifachsprünge lief einfach nichts. Das elegante Laufen zwischendrin war nur Füllung. Ein Mädchen setzte sich sogar auf den Hintern und war trotzdem vor mir platziert, weil sie einen fantastischen Dreifachen gestanden hatte.

Und seitdem hatte ich daran geübt. Ich konnte nicht begreifen, warum ich so lange brauchte. Bisher war mir Eislaufen so leicht gefallen. Zuerst ärgerte es mich, dass ich den dreifachen Toeloop nicht packte. Jetzt aber kriegte ich allmählich die Panik. Ich dachte an Dreifachsprünge im Mathe-Unterricht. Ich träumte jede Nacht von Dreifachsprüngen. Sogar wenn ich mit Troy knutschte! Ich musste den dreifachen Toeloop einfach packen, oder die nächsten Landesmeisterschaften würden ohne mich stattfinden.

Ich träume von den Olympischen Spielen, seitdem ich gesehen habe, wie Katharina Witt 1988 ihre zweite Goldmedaille gewann. Sie ist mir wie eine Märchenprinzessin vorgekommen, wie sie über das Eis schwebte und durch die Luft wirbelte, als ob sie fliegen könne. Wochenlang hatte ich meine Mutter angebettelt, mich mit zur Eisbahn zu nehmen. Endlich hatte sie nachgegeben, und ich war Mitglied der Berkeley Blades geworden – dem Schlittschuhclub in unserer Stadt: Berkeley, Kalifornien, genau gegenüber von San Francisco.

Es war der echte Wahnsinn: In dem Moment, in dem ich aufs Eis ging, wusste ich, dass ich hierher gehörte. Fast alle anderen Kinder knallten ständig hin oder staksten steif herum, mit zitternden Knien und einer Hand fest am Geländer. Ich dagegen segelte schon am Ende meiner ersten Stunde total leicht über das Eis.

Schon ein paar Monate später hatte Myra meine Mutter angesprochen und gefragt, ob sie mich trainieren dürfe. Sie glaubt, dass ich ein Naturtalent bin, und sie denkt, dass ich das Zeug habe, Gold zu gewinnen. Mit einer Trainerin zu arbeiten war ganz anders als die bisherigen Samstagvormittage im Eisstadion. Es bedeutete, jeden Morgen zur Eisbahn zu gehen, um vor der Schule zwei Stunden zu trainieren. Dann noch zwei bis drei Stunden am Nachmittag für Ballett und Krafttraining in der Sporthalle. Und es bedeutete, dass meine Eltern eine Menge Geld lockermachen mussten.

Meine Eltern opferten viel für mein Eislaufen. Wir sind nicht reich, aber sie versprachen, dass sie es irgendwie schaffen würden, wenn es mir wirklich ernst war. Ich war bereit, hart zu arbeiten. Mehr als alles andere wollte ich, dass meine olympischen Träume wahr würden. Aber ich hatte keine Ahnung, wie viel Zeit und Energie das wirklich kosten würde.

Und jetzt hatte ich mein Ziel fast erreicht. Vielleicht würde ich bei den nächsten Olympischen Spielen die neue Kristi Yamaguchi, die neue Michelle Kwan sein. Wenn ich erst einmal den verflixten Dreifachsprung draufhatte ...

Die ersten Takte meiner Musik schwebten über das Eis. All die jüngeren Kinder, die Unterricht hatten, gingen zur Seite, und die Zuschauer kamen aus der Imbissbar, um zu sehen, was vor sich ging. Aber ich bemerkte sie kaum. Ich war daran gewöhnt, dass mir Leute zusahen. Ich war die einzige Spitzenläuferin auf der Bahn. Außer mir waren nur noch kleine Kinder da, Anfänger.

Ich zog die Handschuhe über meine eisigen Finger und schloss die Augen, voll konzentriert auf mein Programm. Ich war Kirsten Hayes, die zukünftige Olympiasiegerin. Anmutig glitt ich über das Eis, und meine Beine vergaßen, wie müde sie waren. Ich glitt durch die ersten dreißig Sekunden und machte mich bereit für den Doppel-Flip. Dazu musste ich rückwärts abspringen und zwei volle Umdrehungen in der Luft machen, um dann sauber auf einem Fuß zu landen.

Ich lief schneller und schneller, bis alles um mich herum verschwamm. Mein Körper fühlte sich locker und schwerelos an. Ich wirbelte herum und grub die Spitze meiner Kufe wieder in das Eis. Mit aller Kraft sprang ich hoch in die Luft, zog meine Arme fest an mich und begann, mich zu drehen. Einmal. Zweimal. Bevor ich wusste, was passiert war, landete ich schon wieder auf dem Eis – auf einem Fuß!

Super! Ich lief perfekt! Myra würde hocherfreut sein. Und ich könnte vor sechs Schluss machen!

Moment mal ... Sechs Uhr? Alarmklingeln gingen in

meinem Kopf an. Irgendwas mit sechs Uhr, was wichtig war? Ich hörte Troys Stimme: »Ich komm vorbei und hole dich um sechs ab, okay?« Ich sah ihn vor mir, wie seine Hand durch sein verstrubbeltes dunkles Haar strich.

Ich hatte beschleunigt und mich auf den Dreifachsprung vorbereitet, der als Nächstes an der Reihe war. Ich versuchte, mich zu konzentrieren, aber ich konnte nur an Troys wütendes Gesicht denken. Ich sah, wie er vor meiner Haustür stand, ärgerlich, dass ich nicht da war.

Ich stemmte mich in den Absprung, fühlte das Rauschen kalter Luft in meinem Gesicht, als die Welt um mich herumsauste, und ... landete den Bruchteil einer Sekunde später auf meinem Hinterteil.

»Oh nein!«, murmelte ich. Der Sturz hatte wehgetan, aber noch mehr hatte mein Stolz gelitten. Jetzt war ich mir nur zu sehr der Zuschauer bewusst, die mir vom Rand her zusahen. Die kleinen Kinder kicherten. Ich stolperte wieder auf die Beine, hochrot im Gesicht.

Das war ein Dreifachsprung!, hätte ich ihnen am liebsten entgegengeschrien: *Ich möchte mal sehen, wie ihr euch dabei anstellen würdet.*

Stattdessen aber tat ich so, als hätte ich sie gar nicht bemerkt. Mit den Handschuhen strich ich mir die Eissplitter von meiner schwarzen Wollstrumpfhose.

»Du warst nicht hoch genug«, sagte Myra. »Der Absprung war völlig falsch.« Sie spreizte die Hände weit, als wär ich ein hoffnungsloser Fall, mega-out sozusagen. »Wie gedenkst du denn zu landen, wenn du so viel Rückenlage hast?«

»Vielleicht hatte ich nicht genug Tempo drauf?«

»Das Tempo war gut«, sagte sie, »Du brauchst mehr Kraft im Sprungbein.« Sie sah mich an und dachte nach. »Ich glaube nicht, dass wir es heute noch einmal versuchen sollten. Du bist müde. Ich hab dich lange genug aufgehalten. Geh nach Hause. Nimm ein Bad. Schlafe. Wir arbeiten morgen weiter daran.«

Ich streifte schnell die weißen Schlittschuhschoner aus Plastik über und rannte zum Umkleideraum auf der anderen Seite der Bahn.

Falls das Verkehrschaos nicht zu schlimm war, konnte ich in fünfzehn Minuten zu Hause sein. Vielleicht würde ich nicht superspät zu Troy kommen. Ich hatte mein Auto erst seit zwei Monaten, seit meinem sechzehnten Geburtstag, und ich hatte Mum versprochen, vorsichtig zu fahren. *So viel zu Versprechungen,* dachte ich, als ich so schnell, wie ich mich traute, nach Hause fuhr.

Mein Herz hämmerte wild und ich konnte kaum atmen. Verdammt! Wie hatte ich nur unsere Verabredung vergessen können?

Ich hoffte nur, dass ich es mir jetzt mit Troy nicht völlig verdorben hatte.

Ich sah zur Uhr auf dem Armaturenbrett meines Toyota. 6:10. Nicht ganz so schlimm. Jeder kann sich mal um zehn Minuten verspäten. Ich kurvte in unsere Straße, stoppte hinter Troys schwarzem BMW und sprang hinaus. Er saß im Auto, das Fenster heruntergekurbelt und das Radio voll aufgedreht.

»Hi«, brüllte ich über den Beat eines Rap-Songs. »Entschuldige, dass ich so spät komme. Die Trainerin wollte mich heute nicht vom Eis lassen.«

»Null problemo«, lächelte er, und seine vollkommenen weißen Zähne strahlten mich an. »Ich bin gerade erst gekommen. Mein Trainer hat mich auch aufgehalten und mir 'ne Kante ans Bein gelabert über Taktik. Steig ein.«

»Ich will mich nur kurz umziehen.«

»Du siehst toll aus«, sagte er und öffnete die Beifahrertür.

Ich war sehr verlegen, als ich neben ihn kletterte. »Aber ich hab noch meine Sportklamotten an …«

Troy lehnte sich herüber und gab mir einen Kuss. Es war keiner von diesen Das-haut-dich-aus-den-Schuhen-Küssen, bei denen dein Herz klopft und deine Hände feucht werden. Nein, in letzter Zeit waren Troys Küsse eher freundschaftlich – so wie man sie seiner Schwester gibt. Aber ich dachte mir, nicht jeder Kuss kann so toll sein wie unser erster.

»Wir gehen zum Bowling.« Troy drehte das Radio leiser.

»Bowling? Ich liebe Bowling.«

Troy explodierte vor Lachen.

»Was ist daran so komisch?«, fragte ich, froh, dass er bei der untergehenden Sonne nicht sehen konnte, dass ich rot geworden war.

»Du bist komisch.« Er streckte die Hand aus, um mir die Wange zu streicheln, bevor er losfuhr. »Manchmal denk ich, du kommst von einem anderen Stern. Du hast dich angehört, als hätte ich dich zu einem Urlaub auf Hawaii eingeladen … und nicht zum Bowling.«

Ich zuckte die Schultern. »Du weißt, dass ich solche Sachen nicht oft mache. Entweder bin ich beim Eislaufen oder ich versuche, meine Schularbeiten irgendwie hinzukriegen.«

»Deine Myra nimmt dich zu hart ran«, sagte er. »Trainer

sind die reinsten Sklavenhalter, total nervig. Sie denken immer, dass du ihnen mit Haut und Haar gehörst.«

»Das kannst du laut sagen.«

»Myra muss einsehen, dass du jetzt auch ein Leben außerhalb der Eisbahn hast, Kirsten«, sagte Troy leise, als er eine Linkskurve nahm.

»Myra muss mich hart rannehmen. Nur so kann ich es bis zu den Landesmeisterschaften im Februar schaffen«, erklärte ich ihm. Ich durfte mich zwar über meine Trainerin beklagen, aber das hieß nicht, dass Troy das auch durfte.

»Es gibt so etwas wie *zu hart* rannehmen. Es kann passieren, dass du regelrecht ausbrennst, weißt du das?«

»Nicht ich. Ich will zu den Olympischen Spielen.«

»Es ist toll, ehrgeizig zu sein, Kirsten«, sagte Troy. »Ich weiß, was man da fühlt. Ich möchte auch in der Profi-Liga spielen. Aber ich habe auch noch was anderes vor – mein Leben zu genießen. Aber alles, woran du denkst, ist Eislaufen.«

»Ich denke auch ziemlich viel an dich.«

Er lachte. Dann wurde er plötzlich ernst. »Aber was ist, wenn bei der Plackerei nichts herauskommt, Kirsten? In Amerika gibt es hunderte von Mädchen, die alle zu den Olympischen Spielen wollen. Was ist, wenn du deine Chance aufgibst, ein ganz normaler Teenager zu sein und Spaß zu haben, und dann nicht aufs Treppchen kommst?«

»Die Möglichkeit scheidet aus. Ich werde es schaffen.« Was war Troys Problem? Warum redete er auf einmal so idiotisches Zeug?

»Ich will nur, dass du dir keine falschen Hoffnungen machst und hinterher verletzt bist, das ist alles. Ich will nicht, dass du deine Zeit vertust. Also, hast du Zeit, Samstag zum Spiel zu kommen?« Er wechselte abrupt das Thema. Troy musste gemerkt haben, dass ich anfing, mich über ihn zu ärgern.

»Samstag?«, fragte ich vorsichtig. »Um wie viel Uhr?«

»Das Spiel geht um halb zwölf los.«

»Sorry, tut mir Leid, Troy«, sagte ich, »aber du weißt ja, wie meine Samstage aussehen. Die Eisbahn ist von zehn bis zwölf fürs Publikum geöffnet und von zwei bis vier. Das heißt, dass ich nur zwischen zwölf und zwei aufs Eis kann. Vielleicht könnte ich es zum Ende des Spiels schaffen …«

»Könntest du nicht das Training ausfallen lassen? Nur das eine Mal?«

»Ausfallen lassen?«, lachte ich nervös. »Ich kann das Training nicht ausfallen lassen, Troy. Noch nicht einmal Fieber könnte mich abhalten. Einmal bin ich mit einem anderen Läufer zusammengestoßen und hatte eine Platzwunde am Knie, die genäht werden musste, aber schon am nächsten Tag war ich wieder auf dem Eis. Außerdem spielst du nicht anders, ob ich nun da bin oder nicht.«

»Tu ich doch. Du bist mein totaler Glücksbringer, Kirsten. Das törnt mich unheimlich an, wenn ich dich an der Seitenlinie stehen sehe und höre, wie du mich anfeuerst. Wenn du da bist, fühle ich mich, als ob ich *alles* schaffen könnte.«

»Du weißt, dass ich kommen würde, wenn ich könnte, Troy.« Ich starrte durch die Windschutzscheibe. »Aber es geht nicht. Das musst du verstehen. Ich wette, dein Trainer würde dir nicht erlauben, das Footballtraining auszulassen, damit du mir beim Laufen zusehen kannst.«

»Das ist was anderes«, sagte er. Wir standen an einer roten Ampel. Troy sah zu mir rüber und fuhr dann fort: »Wenn ich nicht da bin, kann die ganze Mannschaft nicht trainieren.«

Ich warf ihm einen Blick zu, um zu sehen, ob er vielleicht nur Spaß machte, aber er meinte es ernst. Er erwartete tatsächlich, dass ich mein Training ausfallen ließ, nur um bei seinem albernen Footballspiel dabei zu sein. Aber andererseits wollte ich ihm den Gefallen auch tun, schließlich war er mein Freund!

»Also gut«, begann ich und drehte am Sendersuchlauf des Radios. Troys Rap-Musik begann mich anzunerven. »Ich werd Myra mal fragen und sehen, was sich machen lässt, okay?« Aber ich wusste, dass sie mich nie gehen lassen würde.

Troy nickte nur. Er war superstill auf dem Weg zum Bowling-Center.

Ich saß nur da, biss mir auf die Lippen und kämpfte gegen die Wut, die nun langsam in mir hochkam. Für Troy das Training ausfallen lassen ... Ich glaubte nicht, dass er das auch für mich machen würde. Warum konnte er mich nicht verstehen? Eislaufen bedeutete mir alles ... vielleicht sogar mehr als Troy selbst.

Kapitel 2

Wie ich erwartete hatte, kam es für Myra gar nicht in die Tüte, das Samstagstraining ausfallen zu lassen. Ich konnte sie auch nicht dazu überreden, mich früher gehen zu lassen.

»Ich verstehe dich nicht, Kirsten. Du willst doch den Dreifachen stehen?«, fragte sie nachdrücklich. Es war Donnerstagnachmittag; Myra stand am Rand der Eisbahn und sah mir beim Stretching zu.

»Es ist nur, dass mein Freund …«, begann ich.

Sie gab nur ein Zischen von sich. »Freund!« Sie spuckte das Wort förmlich aus. »Du hast im Moment keine Zeit für einen Freund. Du kannst wählen – Eislaufen oder Freund.«

»Das ist nicht fair«, sagte ich, während ich versuchte, meine Zehen zu erreichen. »Natürlich will ich Eislaufen. Aber ich bin auch ein Mädchen, Myra. Ich hab das Recht, mir wenigstens *ein paar* normale Sachen zu wünschen.« Wir waren an diesem Nachmittag allein – niemand sonst war auf der Bahn.

»Nicht, wenn du vorhast, es zu den Olympischen Spielen zu schaffen«, erwiderte sie. »Habe ich mich in dir getäuscht, Kirsten? Vielleicht willst du es nicht stark genug!«

Das tat mir weh. Natürlich wollte ich bei den Spielen laufen. Ich wollte es so sehr, dass ich es schon schmecken konnte. Warum regte sie sich so sehr über ein einziges ausgefallenes Training auf? Es war ja nicht so, dass ich schon öfter gefragt hatte, ob wir nicht ein paar Stunden weglassen könnten.

Ich stand auf und fuhr aufs Eis, um mit dem Warm-up anzufangen ... und um Myras Worte aus meinem Kopf zu laufen. Ich glitt über das Eis, mit langen, fließenden Schritten. Als ich mich auf mein Laufbein lehnte und langsam an Tempo gewann, verlor ich mich allmählich in meinen Gedanken. Ich erinnerte mich an das, was Troy gesagt hatte über all die anderen Mädchen, die alle auf das gleiche Ziel hinarbeiteten. Was war, wenn er Recht hatte und ich mein ganzes Privatleben an der High School aufgegeben hatte für nichts und wieder nichts?

Ich kreiste um die Bahn und bekam mit jeder Runde mehr Kraft. Bis Troy in mein Leben gekommen war, hatte ich keine Probleme gehabt. Ich wollte Eislaufen. Ich wollte unter allen Umständen ganz nach oben, und ich hatte nur dieses eine Ziel vor Augen. Bevor ich Troy traf, war nichts außerhalb der Eisbahn wirklich wichtig gewesen. Aber jetzt wollte ich plötzlich nur noch ein normaler Teenager sein. Ich wollte mit Troy zusammen sein.

Ich war völlig verwirrt und verpatzte einen total leichten Axel: Ich schraubte mich auf der Außenkante meines linken Schlittschuhs hoch in die Luft und zog die Arme ganz fest an die Brust, um noch mehr Schwung zu bekommen, aber ich schaffte nur anderthalb Drehungen und landete erbärmlich auf zwei zittrigen Beinen ... anstatt sauber auf nur einem Fuß. »Ich weiß ja nicht, was das für ein Sprung werden sollte, aber in jedem Falle kein Axel«, schnappte Myra.

»Beim nächsten Mal springst du hoch – der Absprung muss kommen wie ein Korken aus der Flasche. In der Schrittkombination wärst du ja fast über deine Schlittschuhe gestolpert beim Fußwechsel.«

Ich starrte aufs Eis, vor Angst, dass ich in Tränen ausbrechen würde, falls ich Myra ansah. Plötzlich kam mir eine blendende Idee. »Ich fühle mich heute nicht so gut. Mein Hals ist ganz kratzig. Ich hoffe nur, ich habe mir nichts von der Grippe eingefangen, die an der Schule grassiert.«

»Na gut. Dann lass es für heute genug sein. Falls du nicht alles gibst, habe ich keine Lust, herumzustehen und meine Zeit zu verschwenden. Geh nach Haus und nimm was zum Gurgeln. Deine Mutter soll dir Hühnerbrühe machen«, sagte Myra. »Du kannst es dir jetzt nicht leisten, krank zu werden.«

Es hatte geklappt! Sicher, mir war nicht ganz wohl in meiner Haut. Lügen mochte ich gar nicht. Aber als ich in mein Auto stieg, klopfte mir das Herz bis zum Halse. Ich hätte nie gedacht, dass es so einfach sein würde. Ich würde eine angenehm kurze Grippe kriegen und mich für Samstag krankmelden. Dann könnte ich Troys Spiel ansehen und er wäre nicht sauer auf mich. Was konnte schon passieren? Und außerdem hatte ich noch nie vorher auch nur ein einziges Training versäumt.

Am Freitagmorgen kam ich ohne Make-up zur Eisbahn und hatte meinen schwarzen Lendenschurz und Wollstrumpfhosen an ... und natürlich meine grauen Handschuhe. Ich fahre nie ohne die Handschuhe – meine Hände würden mir sonst abfrieren. Wenn ich schwarze Sachen trug und nicht geschminkt war, würde mein ohnehin blasses Gesicht wie ausgewaschen aussehen. Und so war es auch.

»Hast du Hühnerbrühe getrunken, wie ich gesagt hatte?« Myra sah mich kritisch an.

Ich nickte. »Aber es hat nicht viel geholfen. Dem Hals geht es besser, aber mein Kopf fühlt sich heute ganz schwer an.«

Das ganze Training hindurch fuhr ich wie jemand, der sterbenskrank ist.

»Die langsamen Teile deiner Kür gefallen mir heute sehr gut, Kirsten«, rief Myra mir zu. »Du bist leicht und feenhaft. Das ist gut. Versuch, dieses Gefühl beizubehalten.«

Ich machte eine schnelle Kehre und lief rückwärts, immer einen Fuß über den anderen kreuzend. Dann machte ich eine Kamel-Pirouette. Ich lief einen kleinen Kreis mit noch mehr Überkreuzungen in der Mitte der Eisfläche. Ich stemmte mich mit meinem linken Fuß in die Drehung, peitschte meinen Körper schnell herum und gewann immer mehr Tempo und Schwung. Ich zog das rechte Bein an, bog den Rücken und zog beide Arme zurück, sodass mein Körper eine einzige fließende Linie wurde.

Nach etwa zehn Umdrehungen, während derer mir die Luft durch meinen braunen Pferdeschwanz wirbelte, nahm ich das rechte Bein wieder tiefer und zog den Fuß knapp vor mein linkes Knie. Ich winkelte beide Arme fest an und setzte gleichzeitig meinen rechten Fuß kraftvoll auf das Eis. Diese blitzschnelle Bewegung gab mir die Kraft, mich ganz, ganz schnell zu drehen, bevor ich dann mit einem perfekten, das Eis aufkratzenden Spin zum Stehen kam.

»Genau so musst du laufen«, jubelte Myra. »Ich glaube, die Suppe hat mehr geholfen, als du denkst. Ich glaube, du bist bereit, heute den Dreifachen zu stehen. Wir können nicht ernsthaft an der Kür weiterarbeiten, wenn du dabei hinfällst oder einknickst.«

»Wie fühlst du dich?«, fragte Myra, als ich an diesem Tag zum Nachmittagstraining kam.

»Nicht allzu gut«, jammerte ich und zog ein Taschentuch aus meinem Ärmel. Ich habe immer ein Taschentuch dabei, wenn meine Nase läuft. Und diesmal war es die Wahrheit. Vielleicht war es nur Einbildung, aber ich fühlte mich wirklich nicht sehr gut. »Aber ich habe vor, den Dreifachen heute zu schaffen. Du hast versprochen, dass wir daran arbeiten.«

»Braves Mädchen«, sagte Myra. »Los geht's.«

Ich beendete mein Warm-up, glitt leicht über die Bahn, und begann dann, mich auf den Sprung vorzubereiten. Warum war der Dreifache bloß so schwer? Ich schaffte es leicht, mich zweimal in der Luft zu drehen. Ich brauchte bloß etwas mehr Tempo, um noch eine weitere Drehung anhängen zu können. Es lag nur an meinem Kopf: Wenn ich den gesamten Sprung vor meinem geistigen Auge sehen konnte, würde ich es auch schaffen, das wusste ich.

Ich nahm den Sprung und stürzte. Ich versuchte es noch einmal – und stürzte. Ich wurde immer ärgerlicher auf mich selbst. Und es war schwer, mich zu konzentrieren, bei all den Läufern, die mir zusahen, besonders die, die kicherten und auf mich zeigten, wenn ich hinfiel. Die Bahn war überraschend voll für einen Freitagnachmittag. Dadurch fühlte ich mich nur noch elender.

»Was ist nur los mit mir?«, fragte ich Myra. »Warum schaffe ich es nicht? Wie hast du Dreifachsprünge gelernt, als du noch bei Meisterschaften gestartet bist?«

Myra schüttelte den Kopf. »Ich? Ich habe nie einen Dreifachen geschafft.«

»Nie?« Myra war ziemlich alt, irgendwie so um die fünfzig, aber sie war früher einmal Landesmeisterin gewesen. Sie lächelte. »Zu meiner Zeit machten nur Männer Dreifachsprünge und auch da längst nicht alle. Doppelsprünge galten schon als sehr mutig.«

Ich fühlte mich, als würde ich gleich platzen. »Du versuchst also, mir etwas beizubringen, was du selber nie gemacht hast?«

»Ich bin Trainerin«, erklärte sie. »Ich weiß genug, um dir beizubringen, wie man es macht.«

»Aber ich brauche jemand, der mir *zeigt*, wie es geht.« Ich weinte fast. Ich sah auf die Eisbahn. Unter all den Läufern gab es niemanden, von dem ich mir etwas abschauen konnte. Niemand, den ich beobachten konnte ... von dem ich etwas lernen konnte. Normalerweise genoss ich es, der Star zu sein, die Beste auf der Bahn. Aber jetzt fühlte ich mich plötzlich völlig allein. »Ich werde es nie schaffen.«

Myra starrte ins Leere und dachte nach. »Vielleicht sollte ich dich einmal zu Vladimir mitnehmen. Er ist Trainer in San Mateo. Er hat Läufer, die Dreifachsprünge schaffen. Und er hat russische Olympiateilnehmer trainiert – Einzel- und Paarläufer. Tatsache ist, dass Vlad einer der Experten für Paarlauftraining ist.«

Ich wusste genau Bescheid über diesen Vladimir. Ich hatte ihn bei Meisterschaften mit seinen Läufern trainieren sehen, und er war mir etwas unheimlich. Er war ein Bär von einem Mann, und er brüllte viel und fuchtelte mit den Armen. Vladimir war ein alter Russe, der vor ein paar Jahren nach Amerika gekommen war. Er war ein Spitzentrainer in der Sowjetunion gewesen. Ich war sicher, dass er mir bei meinen Sprüngen helfen konnte.

Ich schluckte. »Okay, lass es uns versuchen«, sagte ich, und sah mich wieder auf der Bahn um. Einige der Anfänger starrten mich an. »Ich werde es sicherlich nicht lernen, mit all diesen Bälgern um mich herum.«

»Du bist ziemlich schlecht gelaunt heute«, sagte Myra und schüttelte den Kopf.

Ich hustete und dachte an Troy und an meine geheuchelte Krankheit. »Vielleicht liegt das an der Grippe.«

»Sieh zu, dass du heute sofort ins Bett gehst, wenn wir hier fertig sind«, sagte Myra mit sanfter Stimme.

Sie schien ungewöhnlich besorgt um mich zu sein. Und ihr Blick machte mir totale Schuldgefühle. Myra war meine Trainerin. Sie machte sich Sorgen um mich. Wie konnte ich sie so täuschen? Aber es gab jetzt kein Zurück mehr. Ich wollte für Troy da sein.

Den ganzen Nachhauseweg lang fühlte ich mich schrecklich. Es war mehr als Schuldgefühle. Mir war, als würde ich am nächsten Morgen wirklich mit Grippe aufwachen.

Ich wachte mit Kopfschmerzen auf. Die ganze Nacht lang hatte ich schreckliche Träume gehabt. Irgendwas mit einem Footballfeld ganz aus Eis, und ich musste den Ball fangen, fiel aber dauernd hin, und alle um mich herum lachten mich aus. Mein Gewissen fuhr ganz schön Schlitten mit mir. War es das wert? Musste ich so leiden, nur um Troy glücklich zu machen? War sein Spiel wirklich so wichtig?

Ich bin nicht der Typ, der andere hängen lässt, aber jetzt war ich in der Klemme – einen von beiden musste ich versetzen, entweder Troy oder Myra.

Ich wartete bis etwa halb zehn, bevor ich Myra anrief. Ich betete, dass sie nicht da sein würde, dass ich eine Nachricht auf ihrem Anrufbeantworter hinterlassen könnte. Aber es war nicht mein Glückstag.

»Hallo, Myra Richards hier.«

»Myra?« Meine Stimme klang schwach und zittrig, und ich krächzte. »Hier ist Kirsten. Es geht mir gar nicht gut«, jammerte ich. Das war keine Lüge. Ich fühlte mich furchtbar, weil ich sie anlog. »Ich glaube, ich bleibe im Bett und versuche, das hier durchzustehen.«

»Du hast noch nie eine Trainingsstunde abgesagt. Gibt es noch einen anderen Grund?« Sie klang misstrauisch.

»Nein, wirklich, Myra. Ich fühle mich lausig. Du weißt, dass ich das Training nicht ausfallen lassen würde, wenn ich nicht wirklich krank wäre.« Junge, das war schwieriger, als ich gedacht hatte. Aber ich konnte jetzt nicht nachgeben. Nicht jetzt. Ich war so nah dran, mit Troy zusammen zu sein. Ich musste Myra überzeugen.

»Ich verstehe. Nun, ich kann dich schließlich nicht zwingen, etwas zu tun, was du nicht willst. Ich verstehe dich nicht, Kirsten, aber wenn es sein muss, muss es eben sein. Ich sehe dich dann am Montag.«

Meine Mum ging gerade an der Tür vorbei, als ich auflegte.

»Wer war am Telefon, Liebling?«, fragte sie.

»Myra. Nur, äh … ich hatte eine neue Idee für die Kür.«

»Aber du siehst sie doch eh in ein paar Stunden.« Sie kam herein und setzte sich auf die Bettkante.

»Ich konnte es nicht abwarten.«

»Ist alles in Ordnung auf der Bahn? Ich habe keine Chance, dir noch zuzusehen, seit du dein Auto hast.«

»Alles okay.« Ich zog die Bettdecke hoch. »Ich habe immer noch Probleme mit dem dreifachen Toeloop. Myra nimmt mich mit nach San Mateo … Damit ich zwischendurch mit Vladimir, diesem Mann aus Russland, arbeiten kann. Bei ihm schaffen alle die Dreifachsprünge. Ich muss mit starken Läufern trainieren, und bei uns auf der Bahn gibt es nur Anfänger.«

Mum ist supernett. Sie hat mich früher jeden Tag zweimal gefahren, bis ich selber den Führerschein hatte. Meine Eltern sind nicht reich, und mein Eislaufen hat sie viel Geld gekostet. Sie haben sogar auf Ferien und ein neues Auto verzichtet, damit ich eislaufen konnte.

Mum stand wieder auf. »Ich muss bald mal kommen und dir zuschauen. Ich habe deine neue Kür noch gar nicht gesehen. Werdet ihr heute daran arbeiten?«

In meinem Kopf gingen wieder die Alarmsirenen an. »Heute nicht!«, sagte ich etwas zu laut. »Am Samstag ist es immer so voll, da üben wir nur Figurenlaufen und so langweiligen Kram. Das machen wir jeden Samstag.« Mum durfte einfach nicht ausgerechnet heute kommen.

Sie lächelte. »Ich habe heute sowieso nicht allzu viel Zeit. Ich muss in einer Stunde deinen Bruder zu seinem Footballspiel fahren. Aber denk bloß nicht, ich würde mich nicht mehr für dein Training interessieren, nur weil du jetzt alt genug bist, selbst zu fahren.«

Ich warf die Bettdecke zurück, stand auf, und schlang die Arme um ihren Hals. »Du bist eine tolle Mutter, weißt du das?«, sagte ich. »Ich werde dich für den Wettbewerb ›Mutter des Jahres‹ anmelden. Wenn ich die Olympiade gewinne, laufe ich zu dir und präsentiere dir meine Medaille!«

»Du verrücktes Huhn«, sagte sie lachend, aber ihr Gesicht wurde rot, so als ob sie sich sehr freute.

Sobald sie gegangen war, kamen die Schuldgefühle zurück, aber doppelt so stark. Meine Lügen wurden mit jeder Minute schlimmer. Zuerst hatte ich Myra angelogen und jetzt meine Mum. Aber jetzt konnte ich nichts mehr daran ändern. Ich würde den Dreifachen schaffen, wenn ich mit Vladimir arbeitete. Also machte es gar nichts aus, dass ich die heutige Trainingsstunde ausfallen ließ, oder?

Das Spiel war fantastisch. Troy spielte, wie er noch nie zuvor gespielt hatte. Er gab weite Pässe zum Touchdown, und die Zuschauer sprangen auf und hüpften in die Höhe und schrien Troys Namen. Ich jubelte auch ... bis ich an Myra dachte. Was machte ich hier? Was war, wenn dieser Tag heute *mein* Tag war, der Tag, an dem das Schicksal es bestimmt hatte, dass ich den Dreifachen endlich stehen würde? Was war, wenn ich ihn nun niemals stehen würde?

»Wir haben's geschafft!«, rief Troy, als er mich nach dem Spiel gefunden hatte. Er strich sich mit der Hand durch sein langes, braunes Haar. Es war feucht vor Schweiß, und seine Wangen waren noch gerötet vor Anstrengung. »Wir haben gewonnen, und nur wegen dir, Kirsten! Ich hab ja gewusst, dass du mir Glück bringen würdest.« Er legte die Arme um meine Schultern. Er roch nach Gras. »Jetzt wird gefeiert. Ich verhungere gleich.«

»Wie wär's mit Pizza?«, fragte einer der anderen Spieler.

»Pizza? Ich möchte mit was Besonderem feiern«, sagte Troy. »Lasst uns zu ›Spenglers Fischgrotte‹ gehen. Ich will meine wunderschöne Freundin einmal richtig verwöhnen. Meinen Glücksbringer.« Ich fühlte mich mit jeder Sekunde besser. Es hatte sich echt gelohnt, das Training ausfallen zu lassen. Ich hatte einen Supertag mit Troy verbracht, vielleicht würden wir auf dem Nachhauseweg ein bisschen knutschen, und ich würde am Montag wieder fit sein für eine neue Woche mit Sprüngen und Pirouetten.

Eine ganze Bande von uns zwängte sich in Troys Wagen und wir fuhren runter zur Bucht. Wir kriegten einen tollen Tisch im Restaurant und hatten ein super Essen – Riesenteller mit gegrilltem Fisch und Muscheln und Krabben und Shrimps. Ich war entspannt und glücklich. Bis ich zur Tür sah. Myra.

Zuerst dachte ich, dass ich Halluzinationen hätte, dass mein Gehirn Myra hergezaubert hatte. Aber sie war real. Ich duckte mich schnell unter den Tisch, so als ob ich meine Serviette suchte. Dann spähte ich vorsichtig hervor, als Myra zu einem Tisch auf der anderen Seite des Restaurants geführt wurde.

Ich stieß Troy unter dem Tisch an. »Myra ist hier. Ich muss weg, bevor sie mich sieht. Wir treffen uns draußen.«

Ohne auf seine Antwort zu warten, rannte ich blindlings zur Tür hinaus. Ich stand im hellen kalifornischen Sonnenlicht und versuchte, mein in wilder Panik klopfendes Herz zu beruhigen. Ich fühlte mich, als ob sich die Erde öffnen und mich verschlucken würde.

Troy kam mir augenblicklich hinterher.

»Glaubst du, sie hat mich gesehen?«, fragte ich, und sah zur Eingangstür, als ob sie jeden Moment dort erscheinen könnte.

Troy grinste über mein erschrockenes Gesicht. »Hey, entspann dich«, sagte er und legte den Arm um meine Schulter. »Du wirst ja nicht wegen Mordes gesucht. Du hast also das Training ausfallen lassen. Große Sache. Du brauchst einfach mal eine Pause oder du wirst ausbrennen.«

»Du verstehst das einfach nicht, Troy. Du verstehst gar nichts, oder?« Ich machte mich aus seiner Umarmung los, und eine Träne lief über meine linke Wange.

Ein oder zwei Minuten lang sagte er nichts. Dann schließlich: »Weißt du, Kirsten, es ist klasse, sich einer Sache so mit Haut und Haar zu verschreiben. Für mich ist das der Football. Ich will ganz nach oben kommen, aber ich will auch leben. Ich finde immer Zeit, mal rauszukommen ... mit meinen Freunden rumzuhängen. Aber du hast für nichts Zeit, außer für dein Eislauftraining.«

Troy verstand es wirklich nicht. Dies war meine einzige Chance, berühmt zu werden. Falls ich es nicht zu den nächsten Olympischen Spielen schaffte, würde ich keine weitere Gelegenheit bekommen. Troy hatte noch Jahre Zeit, bevor er im großen Stil Football spielen würde. Profi wurde man erst, wenn man das College hinter sich hatte. Falls ich es jetzt nicht schaffte, würde ich alles verlieren, wofür ich so lange gearbeitet hatte.

Kapitel 3

Myra, was für eine angenehme Überraschung«, hörte ich meinen Vater sagen, als ich an diesem Abend meiner Mutter half, die Lebensmittel in der Küche einzuräumen. »Bitte komm doch herein.«

Die ganze Zeit hatte ich damit gerechnet, dass Myra anrief und erzählte, dass sie mich in dem Restaurant gesehen hatte … Dass sie wusste, dass ich sie angelogen hatte. Jetzt aber setzte mein Herz fast einen Moment aus. Ich sah mich in der Küche nach einem Fluchtweg um und zermarterte mir das Hirn, um eine einigermaßen überzeugende Ausrede zu finden.

Dad führte Myra in die Küche. »Schaut mal, wer für ein kleines Schwätzchen vorbeigekommen ist.«

Meine Mutter zog einen Stuhl für Myra heran. »Nimm Platz, Myra. Kann ich dir irgendetwas anbieten? Tee oder Kaffee vielleicht?«

Myras Gesicht war wie eine Maske. Ich konnte ihren Ausdruck nicht deuten. »Nein, danke. Ich bin froh, dass ich euch alle zusammen antreffe. Es gibt da etwas Wichtiges, was ich mit euch besprechen möchte. Es geht um Kirstens Zukunft.«

Ich hielt die Luft an und versuchte, so zu tun, als wär ich unsichtbar. Meine Eltern setzten sich Myra gegenüber an den Küchentisch und sahen sie voller Erwartung an. Ich zog mir auch einen Stuhl heran und studierte eingehend die Fliesen auf dem Fußboden.

»Wie ihr wahrscheinlich wisst«, fuhr Myra fort, »hat Kirsten in der letzten Zeit Probleme mit ihrem dreifachen Toeloop. Ich bin sicher, ihr wisst, dass sie mindestens *einen* Dreifachen braucht, wenn sie bei den Landesmeisterschaften aufs Treppchen will.« Sie machte eine Pause.

Nun sag's ihnen schon!, wollte ich schreien. *Sag ihnen, dass ich dich angelogen habe und heute nicht zum Training gekommen bin.* Die Spannung brachte mich um.

Stattdessen sprach sie weiter: »Ich habe lange mit mir gerungen und habe schließlich eine Entscheidung gefällt. Ich glaube, dass ich nicht mehr die geeignete Person bin, um Kirsten zu trainieren.«

Ich sah auf und begegnete Myras Blick. »Aber Myra ...«, fing ich an. Mit einer Handbewegung forderte sie mich auf, still zu sein.

»Ich habe Kirsten von Vladimir in San Mateo erzählt. Ich glaube, er kann ihr bei ihren Sprüngen helfen. Er war einer der besten russischen Trainer, bevor er vor ein paar Jahren nach Kalifornien kam. Ich habe mir diese Entscheidung nicht leicht gemacht, aber ich glaube, Vladimir ist genau der Mann, den Kirsten jetzt braucht. Ich kann ihr nichts mehr beibringen.«

»Aber Myra, du hast wunderbare Dinge für Kirsten getan«, sagte meine Mutter. »Sie betet dich an. Ihr arbeitet so gut zusammen.«

Myra starrte mich immer noch an, als ob sie mir in die Seele blicken könnte.

»Ich denke nicht, dass Kirsten glaubt, ich könne sie noch weiter trainieren. Sie fühlt, dass sie mir über den Kopf gewachsen ist. Stimmt das nicht, Kirsten?«

»Nein, das ist nicht wahr, Myra«, sagte ich. Ich dachte, ich müsste jeden Augenblick anfangen zu heulen.

Ihr Gesicht entspannte sich. »Kirsten braucht jetzt mehr, als ich ihr geben kann. Sie braucht die Konkurrenz und die Inspiration durch andere Läufer auf ihrem Level. Sie braucht einen Trainer, der sie bis an ihre Grenzen bringt. Ich war zu weich mit ihr.«

Zu weich? Wenn sie weich war, wollte ich gar nicht wissen, was *hart* bedeutete.

»Wenn Kirsten wirklich an die Spitze kommen will, wird sie von nun an vollen Einsatz zeigen müssen«, sagte Myra. »Keine Ablenkungen, kein Rumhängen ... keinen Freund.« Ihr Blick hielt meinen immer noch fest.

Wusste sie es? Sie musste mich einfach gesehen haben in der »Fischgrotte«. Dies war ihre Art, mich dafür zu bestrafen.

»Vladimir hat schon mit Olympiateilnehmern gearbeitet«, fuhr sie fort. »Und er hat andere Läufer auf Kirstens Level. Das braucht sie jetzt.«

Meine Eltern sahen sich wortlos an. Dann räusperte sich mein Dad. »Wenn du wirklich meinst, dass dies das Beste für sie ist ...«, begann er.

»Das denke ich«, sagte Myra. »Ich würde gern ein Treffen mit euch und Vladimir arrangieren, und zwar so schnell wie möglich. Kirstens Training sollte nicht unterbrochen werden. Sie sollte nächste Woche anfangen.« Sie stand auf. »Besprecht es miteinander und ruft mich dann an.«

Myra wandte sich zu mir, ein trauriges Lächeln auf ihrem Gesicht. »Ich habe all die Jahre sehr gern mit dir gearbeitet und gesehen, wie du eine sehr schöne und gute Läuferin geworden bist. Aber ich möchte deinen Weg nicht aufhalten. Ich möchte wirklich nur das Beste für dich, Kirsten. Und ich hoffe, du tust das auch.«

Ich nickte. Ich wusste, dass ich garantiert würde heulen müssen, falls ich den Mund aufmachte. Ganz egal wie freundlich Myra sich gab, ich wusste, dass sie nicht mehr mit mir arbeiten wollte. Ich wurde auf sehr nette Art von meiner Trainerin fallen gelassen.

Ich hatte mich noch nie gleichzeitig so glücklich und so traurig gefühlt. Ich fühlte mich, als hätte ich hinter meinem alten Leben die Tür zugeschlagen und träte nun in eine ganz neue Welt ein.

Meine Eltern und ich besprachen den Trainerwechsel, und ich änderte meine Meinung – Myra wollte mich nicht fallen lassen. Mit diesem Vladimir zu arbeiten war wirklich die beste Idee. Ich war aufgeregt darüber, mit einem olympischen Trainer zu arbeiten … einem Trainer, der viele andere erfahrene Läufer hatte. Also rief mein Vater Myra an, und sie arrangierte ein Treffen mit dem neuen Trainer für Montagabend im Eisstadion von San Mateo, das nur eine Dreiviertelstunde von uns entfernt liegt.

Ich war gleichzeitig nervös und aufgeregt, als wir nach San Mateo fuhren. Ich würde einen Spitzentrainer haben und vielleicht ein paar Freunde auf der Eisbahn, was ich früher nie gehabt hatte.

Die Halle in San Mateo war mittelgroß und hell erleuchtet. Es gab eine Snack-Bar und einen Kraftraum. Laute Diskomusik plärrte aus den Lautsprechern, während ein Eistanzpaar seine Kür probte. An einer Seite der Bahn arbeitete ein Häuflein jüngerer Läuferinnen mit einer Trainerin, und ein paar kleine Jungs mit Helmen schienen auf den Beginn des Eishockeytrainings zu warten.

Vladimir erwartete uns auf der Tribüne entlang der Eisbahn. Er stand auf, als er uns sah, und streckte uns die Hand hin. »Dies ist also die junge Dame, die den Dreifachsprung lernen möchte?« Er hatte eine tiefe, grollende Stimme, die genau zu seinem bärenhaften, riesigen Aussehen passte. Vladimir nahm meine Hand und zerdrückte sie fast.

Aus der Nähe betrachtet sah er noch größer und wilder aus, als ich ihn in Erinnerung hatte. Einen Augenblick lang wäre ich am liebsten zu Myra zurückgegangen.

Ich nickte schüchtern und schaffte es, ein Lächeln hinzukriegen. Er gab meinen Eltern die Hand und bat sie, sich zu setzen.

»Ich habe dich schon laufen sehen«, sagte er mit einem starken russischen Akzent. »Du bewegst dich gut. Letztes Jahr bei den Junioren-Landesmeisterschaften – wo bist du gelandet?«

»Elfter Platz«, gab ich zu. »Deswegen brauche ich Ihre Hilfe bei den Sprüngen. Myra kann mir anscheinend den dreifachen Toeloop nicht beibringen. Ich habe gehofft, Sie können das.«

»Und das ist der Grund, warum du deinen Trainer wechseln willst?«, fragte er und blickte mit seinen strahlend blauen Augen auf mich herab.

»Das und noch andere Dinge«, erklärte ich. »Drüben in Berkeley bin ich beim Training immer allein. Ich bin dort die einzige fortgeschrittene Läuferin. Alle anderen sind Anfänger ... Kinder eben.«

Er nickte, um zu zeigen, dass er verstanden hatte. »Es stimmt, dass man besser arbeitet, wenn man mit Läufern trainiert, die genauso gut sind wie man selbst. Und man braucht Freunde, mit denen man über den bösen Trainer lästern kann, nicht wahr?«

Er grinste, und ich lächelte zurück. Vielleicht war er ja doch ganz menschlich.

»Und du brauchst Rivalen, die dich antreiben, besser zu werden. Ich glaube, das ist eine gute Idee. Wenn du zum Trainieren hierher kommst, wirst du dafür sorgen, dass meine anderen Läufer ebenfalls härter arbeiten. Ja. Ich freue mich.«

In diesem Moment bemerkte ich einen dunkelblonden Jungen, der auf die Eisfläche fuhr. Er sah selbstbewusster aus als jeder andere Nachwuchsläufer, den ich kannte. Er trug alte graue Trainingshosen und einen langen, schwarzen Rollkragenpullover. Durch die dunklen Farben leuchteten seine hellen Augen und seinc glatten, dunkelblonden Haare. Er war groß für einen Eiskunstläufer. Eigentlich sah er so aus, als würde er zum Footballteam gehören, so wie Troy. Und er sah garantiert so klasse aus wie Troy – vielleicht sogar noch besser: wie ein schwedischer Skiläufer, mit seinen blonden Strähnen und seiner sonnengebräunten Haut. Er lief geschmeidig über das Eis und wurde mit jedem Schritt schneller. Er war echt elegant, wie ein Wildtier – wie eine Antilope oder eine Gazelle. Ich konnte mich an ihm nicht satt sehen. Dann plötzlich setzte er zu einem unglaublich hohen Sprung an. Es war nur ein einfacher Axel, anderthalb Drehungen in der Luft mit Anlauf vorwärts. Und er hielt die Arme nicht ganz richtig. Aber er war so hoch, dass es aussah, als hinge er dort schwebend in der Luft. Es war, als ob die Schwerkraft keine Macht über ihn hatte. Manchmal konnte ich in meinen Träumen so springen, aber nie im echten Leben.

»Wer ist das?«, platzte ich heraus, bevor ich mich selber stoppen konnte.

»Das ist mein neuester Läufer, Kai Bergstrom«, sagte Vlad. Er war offensichtlich sehr zufrieden mit sich selbst. »Er ist erst seit sechs Monaten Eiskunstläufer. Nicht schlecht, was?«

»Er läuft erst seit sechs Monaten?« Meine Mutter hörte sich sehr erstaunt an.

»Eis*kunst*lauf macht er erst seit sechs Monaten.« Vlad strahlte. »Er ist sein ganzes Leben gelaufen. Bevor er mit dem Kunstlauf begann, war er ein hervorragender Eishockeyspieler.«

»Das ist komisch«, sagte ich, meinen Blick immer noch auf Kai. Nie zuvor hatte ich jemanden gesehen, der sich so schnell über das Eis bewegte. Ich fühlte den kalten Luftzug, als er an uns vorbeisauste. »Niemand wechselt von Eishockey zu Eiskunstlauf.«

»Kai hatte einen Unfall«, erklärte Vlad. »Er hat mich gebeten, mit ihm zu arbeiten, damit er in Form bleibt.«

Kai war wieder an uns vorbeigefahren, aber diesmal rückwärts laufend, wobei er immer einen Fuß hinter den anderen setzte. Er beschleunigte und machte sich für einen weiteren hohen Sprung bereit. »Ihm scheint aber nichts zu fehlen«, sagte ich. »Was für ein Unfall war das?«

»Ich bin nicht sicher. Er äußert sich nie darüber«, sagte Vlad. »Er ist nicht gerade das, was man gesprächig nennt. Genau gesagt, ist er nicht gerade leicht zu trainieren. Launisch bis dorthinaus, aber was für ein Talent! Ich bin ganz aufgeregt, wenn ich denke, wie weit er es bringen kann, wenn er sich Mühe gibt.«

»Hallo, Vlad«, rief Kai von der Mitte der Eisfläche herüber. »Der Sprung war besser, oder nicht?«

Kais Augen glitten über mich hinweg. Er war voll auf Vladimir konzentriert.

»Viel besser«, rief Vlad. »Jetzt solltest du an der Armhaltung arbeiten. Erinnere dich, was der Ballettmeister dir gezeigt hat.«

Kai verzog das Gesicht. »Dieser Pipifax? Mal ehrlich – sehe ich aus wie jemand, der *Schwanensee* tanzt?«

»Ich entscheide, wie du deine Arme hältst. Wenn du von mir lernen willst, tust du, was ich sage«, rief Vlad, seine Stimme war jetzt nicht mehr sanft.

Kai sah den Trainer an, als ob er widersprechen wollte, dann zuckte er die Schultern und glitt davon. »Sie sind der Boss«, sagte er. »Ich bin sowieso für heute fertig.«

Ich sah Kai zu, wie er an den Rand der Eisbahn lief. Er hielt mit einer leichten Bewegung an und ging in Richtung Umkleideraum, ohne noch einmal zurückzuschauen.

»Kirsten?« Ich fühlte, wie meine Mutter meinen Arm berührte. Ich hatte nicht ein Wort mitbekommen von dem, was die anderen gerade gesagt hatten.

»Wie bitte?«, sagte ich und merkte, wie ich rot wurde.

»Trainer Vladimir möchte wissen, ob du schon morgen anfangen möchtest.«

»Oder brauchst du noch etwas Zeit, um die Sache mit deinen Eltern zu besprechen?«, fragte Vladimir.

»Ich glaube nicht, dass sie mit uns etwas besprechen muss«, sagte mein Vater. »Wenn dies das Beste für Kirsten ist, dann muss *sie* die Entscheidung treffen.«

»Ich werde morgen hier sein«, sagte ich, mit einem Riesenlächeln auf meinem Gesicht. »Um welche Zeit?«

»Punkt sechs. Und ich dulde keinerlei Unpünktlichkeit.«

Meine Mutter stieß mich an. »Ich bin froh, dass du selber fahren kannst. Du wirst eine halbe Stunde früher aufstehen müssen. Der Weg ist länger.«

Das hatte ich noch gar nicht bedacht. Sie hatte Recht – der längere Weg würde ein weiteres Riesenstück von meiner ohnehin knappen Freizeit fressen. Jetzt würde ich Troy noch weniger sehen.

Ich musste einen Weg finden, alles irgendwie unter einen Hut zu bringen.

Als ich zu Hause war, rief ich Troy sofort an.

»Hat Myra dich nun in die Mangel genommen, weil du nicht zum Training gekommen bist?«, fragte er.

»Nein, sie hat gar nichts davon gesagt. Aber sie meint, dass ich zu einem anderen Trainer gehen soll. Jemand, der schon mit Spitzenläufern gearbeitet hat. Er ist ein Russe und heißt Vladimir.«

»Ein Russe, wie? Ich weiß nicht, wie ich das finde, dass du all deine Zeit mit einem anderen Mann verbringst. Vielleicht sollte ich mal bei deiner neuen Eisbahn vorbeikommen und mir den Kerl ansehen.«

Ich lachte. »Er ist alt und dick und hat graue Haare. Er sieht aus wie ein griesgrämiger Weihnachtsmann.« Ich wechselte den Hörer vom rechten Ohr zum linken. »Er hat früher russische Olympiateilnehmer trainiert.«

»Russische Olympiateilnehmer? Klingt cool«, sagte er. »Du solltest es versuchen, Kirsten.«

»Er hat noch andere Läufer auf meinem Level, und das ist gut für mich.« Ich rollte mich auf den Bauch. Wie immer, wenn ich mit Troy telefonierte, lag ich auf meinem Lieblingsplatz – dem Bett. »Dadurch muss ich härter arbeiten.« Ein Bild von Kai zischte mir durch den Kopf, als ich dies sagte. Ich sah alles noch einmal – die unglaubliche Schnelligkeit, den unglaublich hohen Sprung und den trotzigen Blick, als er dem Trainer sagte, dass er nicht daran denke, *Schwanensee* zu tanzen.

»Andere Läufer? Das ist gut«, sagte Troy. »Dadurch wird es dir viel mehr Spaß machen.«

Ich wurde rot und beschloss, nichts mehr über *andere Läufer* zu sagen. Ich wollte nicht, dass Troy von diesem Jungen auch nur etwas ahnte … Kai – ich sah ihn wieder vor mir: Er war gebaut wie ein junger Gott.

Als am nächsten Morgen mein Wecker um fünf Uhr losging, kletterte ich aus dem Bett, packte den Beutel mit meinen Eislaufsachen, aß meinen morgendlichen Schokoriegel und trank den Protein-Milchshake, den ich mir schon gestern zubereitet hatte, und machte mich auf den langen Weg nach San Mateo. Wenigstens war die Autobahn zu dieser frühen Stunde noch nicht so voll. Am Nachmittag würde das überhaupt nicht mehr lustig sein.

Die Eisbahn sah irgendwie unheimlich aus, als ich ankam. Draußen war es noch nicht ganz hell, und nur ein paar Deckenlampen waren an, sodass die Halle ziemlich im Dunkeln lag. In der völligen Stille hallte schon das kleinste Geräusch wider. Ich konnte sogar mein eigenes Atmen hören. Sehen konnte ich es auch – aus meinem Mund kam Rauch wie bei einem Drachen.

Mir war kalt – kälter als auf meiner alten Bahn in Berkeley. Und mein Outfit war auch nicht gerade geeignet, gegen die Morgenkälte anzukämpfen. Ich wollte gut aussehen an meinem ersten Tag auf der neuen Bahn, also hatte ich meine purpurroten Strumpfhosen angezogen, Leggins und einen passenden Rock, aber ohne den üblichen riesigen Pullover und die Handschuhe, die ich sonst gegen die Kälte einsetze.

Ich zitterte, als ich so dastand und die Schlittschuhe an mich drückte. Die Kälte der Kufen schnitt in meine Handflächen. War ich dabei, einen Riesenfehler zu begehen? Ich hoffte, dass der Trainer nicht so hart war, wie ich gehört hatte, und dass die anderen Läufer freundlich zu mir sein würden.

Ich setzte mich auf eine der Bänke und steckte meine Füße in die steif gefrorenen Lederstiefel. Ich hatte ein fast neues Paar Stiefel angezogen, denn ich wollte ja Eindruck machen. Ich bückte mich und knotete mir schnell die Schnürsenkel fest. Als ich zur Seite blickte, setzte sich gerade ein anderes Mädchen auf die nächste Bank und zog sich ebenfalls ihre Schlittschuhe an.

Ich hatte den Eindruck, dass ich sie schon einmal auf dem Eis gesehen hatte. Und falls sie wirklich die war, für die ich sie hielt, dann war sie eine wunderschöne Läuferin mit einer echt fesselnden Ausstrahlung. Ihre Bewegungen waren super geschmeidig ... irgendwie poetisch.

Sie hatte große dunkle Augen und trug ihr dichtes schwarzes Haar als Pferdeschwanz. Ihr Outfit war völlig spektakulär: ein rotes Sweatshirt mit passendem Rock und Leggins. Ich hatte es im Katalog für Eislaufkleidung gesehen, und für meine Verhältnisse war es viel zu teuer. Als sie näher kam, blieb sie stehen und blickte mich an, als könne sie nicht glauben, was sie sah. Mir ging es genauso.

»Kirsten Hayes? Bist du das wirklich?«

Ich sprang auf. »Alice Attwood? Hab ich also doch richtig gesehen. Was machst du denn hier? Ich dachte, du lebst in Südkalifornien.«

»Wir sind hierher umgezogen, damit ich mit Vlad trainieren kann«, erklärte Alice mit strahlendem Lächeln. »Und was machst du hier?«

»Ich habe meinen Trainer gewechselt. Ich arbeite jetzt auch mit ihm.«

»Im Ernst? Das ist ja unglaublich.« Sie ergriff meine Hände. »Kirsten, das ist ja klasse! Endlich habe ich eine Freundin, mit der ich laufen kann.«

Ich war auch ganz schön aufgeregt. »Ich weiß, wie du dich fühlst. Bei meiner alten Bahn hatte ich auch niemanden, mit dem ich reden konnte. Alleine zu laufen ist furchtbar langweilig.«

Ich kannte Alice aus früheren Tagen. Sie war eines der wenigen Mädchen, die – ähnlich wie ich – ihre ersten

Schritte auf dem Eis ziemlich rasch lernten – damals, als ich anfing bei den Berkeley Blades. Sie war dann mit ihren Eltern fortgezogen.

Alice setzte sich erfreut neben mich und nahm ihre weißen Kufenschoner ab. Der Fußboden um die Eisbahn war gepolstert. »Warum bist du nicht mehr bei deiner alten Trainerin?«

»Ich muss den Dreifachen hinkriegen, oder ich kann die Landesmeisterschaften gleich vergessen. Meine alte Trainerin hat sich nicht mehr zugetraut, mir das beizubringen.«

Sie nickte. »Dreifachsprünge sind brutal schwierig. Ich habe lange gebraucht, bevor ich den Flip und den Toeloop draufhatte, und den dreifachen Lutz kann ich immer noch nicht.«

Ich sah kurz zu ihr hinüber, während sie mit ihren Schonern hantierte. Ich hatte plötzlich Angst. Ich war es gewöhnt, die Königin auf dem Eis zu sein. Jetzt wäre ich die Nummer zwei – oder noch schlechter, falls es hier Läuferinnen gab, die besser waren als Alice.

Ich machte den zweiten Stiefel mit einem Doppelknoten zu und sah sie wieder an. Alice war nicht besser als ich. Wir waren schon gegeneinander gelaufen. Letztes Jahr hatte ich sie in Providence geschlagen. Alice musste die Dreifachen gelernt haben, seitdem sie mit Vladimir arbeitete. Das war ein gutes Zeichen. Sobald Vlad anfing, mit mir zu trainieren, würde ich auch durch die Luft wirbeln, mit dreifachen Flips und Toeloops und sogar Axel! Zwar hatten es erst ganz wenige Frauen geschafft, bei Wettkämpfen den dreifachen Axel zu stehen, aber man darf ja wohl davon träumen, oder nicht?!

Ich war mit meinen Schlittschuhen fertig und stand auf. »Wie ist er denn so?«, flüsterte ich, als ich sah, dass Vlad auf uns zukam.

»Vlad? Er ist okay«, sagte Alice. »Er lässt uns ziemlich hart arbeiten. Versuch nur mal kurz anzuhalten, um Atem zu holen, und du kriegst Probleme mit ihm. Manchmal hat er schlechte Laune, aber er kann auch sehr lustig sein. Er erzählt schreckliche Witze – die Art, die Zweitklässler machen, weißt du?«

»Die kenn ich alle«, sagte ich. »Mein kleiner Bruder hatte jedes Witzebuch, das du dir vorstellen kannst. Er hat uns jahrelang verrückt gemacht mit seinen vorhersehbaren Pointen. Glücklicherweise ist er aus dem Alter jetzt endlich raus.«

»Du hast einen Bruder?«, fragte Alice in einem Ton, als ob ich von einem zahmen Elefant gesprochen hätte. »Sei froh. Ich hasse es, ein Einzelkind zu sein. Meine Eltern machen ständig so einen Aufstand um mich«, erzählte sie. »Ich brauche nur zu sagen, dass ich einen Lehrer nicht abkann, und schon versucht Mum, dass er gefeuert wird.«

»Das stell ich mir aber ganz lustig vor«, sagte ich lachend. »Mir fallen eine ganze Menge Lehrer ein, die ich gerne rausschmeißen würde.«

»Und wenn ich sage, dass ich einen Jungen ganz nett finde, ruft sie ihn an, um ein Date zu arrangieren. Na ja, ein Date wohl nicht gerade. Nichts, was mich vom Eislaufen abhält. Eislaufen kommt immer an erster Stelle in meinem Leben.«

»Tja, das muss es wohl. Aber es kann ganz schön nerven. Mein Freund versteht das nicht. Er meint, ich müsse zu all seinen Footballspielen kommen, auch wenn er weiß, dass ich Training habe.«

»Du hast einen Freund?« Alice sah mich neidisch an.

Ich grinste.

»Ja. Er ist Quarterback in der Schulmannschaft. Und er ist so süß.«

»Ich habe gar nicht die Zeit, mich mit Jungs zu treffen. Ich habe für gar nichts Zeit außer für Eiskunstlauf. Ich würde gern für die Schülerzeitung schreiben, aber die Redaktion trifft sich nach der Schule, also geht das auch nicht. Und jetzt redet meine Mutter davon, einen Hauslehrer zu engagieren, damit ich gar nicht mehr zur Schule muss.«

»Einen Hauslehrer? Das muss ja superteuer sein.«

»Das ist ihnen egal«, sagte Alice. »Mein Vater ist Anwalt, und meine Mutter hat sonst nichts zu tun außer sich um mich und meine Karriere zu kümmern. Sie war völlig genervt, als mein Vater mir zum sechzehnten Geburtstag ein Auto geschenkt hat und sie mich nicht mehr zur Eisbahn fahren konnte.«

»Sie war genervt?« Ich konnte es nicht glauben. »Meine Mutter konnte es gar nicht abwarten, bis ich selber fahren durfte. Sie ist so froh, dass sie nicht mehr jeden Morgen um fünf aufstehen muss.«

»Meine Mutter kommt immer noch vorbei und sieht mir die ganze Zeit zu«, sagte Alice. »Sie findet immer eine Ausrede – ich hätte mein Haarband vergessen, oder sie wollte mir nur etwas Kakao bringen.« Sie sah mich frustriert an. »Du kannst sie nicht übersehen. Sie steht direkt an der Bande und winkt mir zu. Eine dicke Frau mit einer dunklen Nerzjacke, die dem Trainer Anweisungen zuruft. Sie ist furchtbar peinlich. Ich bitte sie, nicht herzukommen, aber sie hört einfach nicht.«

»Mmh. Wir sollten besser aufs Eis gehen«, sagte ich. »Da kommt der Trainer.«

»Genau; er mag es nicht, wenn wir einfach so herumsitzen.«

»Mit wie viel anderen Läufern arbeitet er denn eigentlich?«, fragte ich Alice, als wir auf die Eisfläche traten.

»Nur ich und ein paar Jungs.« Alice fuhr dicht an mich heran, als wir zusammen auf das Eis glitten. »Ich bin wirklich froh, dass du da bist, Kirsten. Ich hasse es, allein zu trainieren, und du weißt ja, wie Jungs sind. Sie glauben alle, sie wären etwas absolut Besonderes ... besonders Mister Macho.«

»Meinst du Kai Bergstrom?«, fragte ich.

»Du kennst Kai?«

»Ich habe ihn gestern gesehen. Der Trainer hat uns was über ihn erzählt. Ein ganz schöner Schrank, oder?«

»Ich gebe zu, dass er toll aussieht, aber ich würde mich von ihm fern halten, wenn ich du wäre«, grummelte Alice. »Kai ist nicht gerade Mister Freundlichkeit in Person. Übersteigertes Selbstbewusstsein nenn ich so was. Er glaubt, dass er besser ist als alle anderen hier, und das, obwohl er gerade erst mit Eiskunstlauf angefangen hat.«

»Wollt ihr Gänschen wohl zu schnattern aufhören und mit der Arbeit anfangen?« Die Stimme des Trainers donnerte über die Eisbahn. »Wenn ihr miteinander flüstern wollt, anstatt zu arbeiten, lasse ich eine von euch um vier Uhr morgens zum Training kommen, und zwar allein. Und ich kann mir nicht vorstellen, dass irgendjemand Lust hat, zu testen, wie es mir um vier Uhr morgens geht. Ich hätte gewaltig schlechte Laune. Und wenn ich schlechte Laune habe, haben alle Probleme. Haben wir uns verstanden?«

»Mach dir nichts draus«, flüsterte Alice mir zu. »Das sagt er ständig. Aber er meint es nicht wirklich so.« Wir grinsten uns an.

Vladimir runzelte die Stirn. »Hör auf zu reden und fang mit der Arbeit an, Attwood. Und du auch, Kirsten. Ich möchte sehen, was Myra dir beigebracht hat. Macht euer Warm-up, und dann wollen wir uns diese Sprünge ansehen, die dir solche Probleme bereiten.«

Alice fuhr los, und ich folgte ihr. Ich machte meine Stretch-Übungen am Rand der Eisfläche und lief dann hinter Alice her. Ich beschleunigte, lief auf der Innenkante und fuhr eine große Acht. Ich liebe Achten. Ich glaube, es hat damit zu tun, dass man versuchen muss, dass sich die beiden Kreise genau in der Mitte berühren.

Das ist klasse, dachte ich, als ich den einen Kreis fertig hatte und in den anderen überging. Ich sah zu Alice hinüber. Ich beobachtete sie, als sie rückwärts an mir vorbeilief und Kreuzschritte machte, um einen Sprung anzusetzen.

Ich beendete die Acht und machte ein paar Tanzschritte; dann ging ich in die Pirouette. Pirouetten gehören auch zu den Figuren, die ich besonders gut kann. Ich sah, wie Alice einen wunderschönen Toeloop stand. Jetzt war ich bereit, Vladimir zu zeigen, was ich draufhatte.

Ich beschleunigte erneut. Was würde ihn wohl am meisten beeindrucken? Ich wollte nichts riskieren, was vielleicht schief gehen konnte. Gleich bei meinem ersten Training hier auf dem Hinterteil zu landen wäre zu peinlich. Ich beschloss, auf Nummer sicher zu gehen, und entschied mich für einen doppelten Toeloop. Den konnte ich im Schlaf – und vielleicht besser, als Alice ihn eben gemacht hatte.

Ich grub die Kufen ins Eis und wurde schneller und schneller. Kalte Luft stach mir ins Gesicht und nahm mir den Atem. Ich konnte das knirschende Sausen der Schlittschuhe hören, die sich durch das frische Eis schnitten. Ich fühlte, wie mein Pferdeschwanz waagerecht in der Luft hing. Die Bande war ein einziges verschwommenes Etwas. Ich liebte dieses Gefühl von Geschwindigkeit und Kraft.

Ich blickte zurück und hatte gerade meine Arme in die richtige Position für den Sprung gebracht, als ich plötzlich etwas Großes, Schwarzes am Rande meines Blickfeldes auftauchen sah. Es kam mit einer unglaublichen Geschwindigkeit auf mich zu. Ich schlidderte, fiel fast hin und kämpfte um mein Gleichgewicht. Ich konnte mich in letzter Sekunde aufrichten; ich hielt mit kreischenden Schlittschuhen an und sah mich wütend um.

Es war Kai, der skandinavische Schrank. Er kam ein paar Meter weiter zum Stehen, und seine Kufen schickten einen wahren Eisregen durch die Gegend, wie das bei den Eishockeyspielern üblich ist.

»Pass doch auf, wo du hinläufst!«, schrie er. »Geh vom Eis. Dies ist meine persönliche Trainingsstunde.« Seine Augen ließen kalte blaue Flammen auf mich los.

Ich kämpfte wütend darum, ruhig zu bleiben. »Ich weiß, dass das hier eine persönliche Trainingsstunde ist!«, schrie ich zurück. »Ich wäre wohl kaum um sechs Uhr früh hier, wenn ich nicht müsste, oder? Ich bin Vladimirs neueste Schülerin.«

Kai sah überrascht aus, aber nur für einen Moment. »Dann solltest du lernen, *mir* nicht im Weg rumzulaufen«, drohte er mir.

»Vielleicht solltest du lernen, mir nicht im Weg rumzulaufen«, sagte ich, »weil ... weil ... ich nämlich zu den Olympischen Spielen fahre«, rutschte es mir blödsinnigerweise heraus.

Er grinste kurz und höhnisch. »Nicht, wenn du weiterhin in andere Leute hineinläufst.«

Ich sah ihn mit meinem eisigsten Blick an. »Du kennst dich offensichtlich noch nicht so aus, sonst hättest du gesehen, wie ich schon Medaillen eingesackt habe, als ich erst vierzehn war.« Beinahe hätte ich gesagt »bei den Landesmeisterschaften«, aber ich konnte mich gerade noch zurückhalten. Ein elfter Platz war nicht gerade etwas, womit man angeben konnte. Und außerdem, dieser Blick, mit dem Kai mich ansah, halb spöttisch, halb herausfordernd, machte es schwer, klar zu denken. Wie konnte ein Junge bloß so toll aussehen und gleichzeitig ein solches Ekelpaket sein?

Er verbeugte sich spöttisch. »Ich bitte um Vergebung«, sagte er. »Ich glaube, ich sollte dann nichts mehr von deiner kostbaren Trainingszeit vergeuden. Aber pass auf, wo du hinläufst, ja?«

»Danke gleichfalls«, erwiderte ich. »Und zu deiner Information: Wir spielen hier kein Eishockey. Es geht darum, *nicht* mit anderen Leuten zusammenzustoßen.«

Kapitel 4

Ich brauchte ein paar Wochen, um mich an meinen neuen Tagesablauf zu gewöhnen – wenn man sich überhaupt daran gewöhnen kann, um viertel nach fünf Uhr morgens aus dem Haus zu stolpern und zum Frühstück lediglich auf dem Weg zur Eisbahn einen kalten Protein-Milchshake zu trinken. Früher hatte ich nach dem Morgentraining Zeit, noch mal schnell nach Hause zu düsen, mich umzuziehen und kurz was zu essen. Jetzt ging das nicht mehr. Jetzt hatte ich kaum Zeit, mir vor der ersten Stunde ein paar Vollkornkekse einzuwerfen.

Das hieß, dass ich spätestens ab elf Uhr am Verhungern war. Ich muss eine superstrenge, gesunde Eisläufer-Diät einhalten. In diesen hautengen Kostümen sieht man jedes überflüssige Pfund. Aber die Salate in der Cafeteria der Berkeley High schmecken nicht nur nach nichts, sie machen noch nicht einmal satt. Und so hungerte ich jeden Vormittag. Nach der Schule musste ich sofort wieder nach San Mateo. Zweimal die Woche hatte ich Ballettunterricht um vier, an den anderen Tagen eine Stunde mit einem Trainer im Kraftraum. Danach ging es noch mal für zwei Stunden aufs Eis.

Wenn ich abends nach Hause kam, war ich völlig erschöpft und hätte ein Pferd auffressen können!

Ich versuchte, brav zu sein und auf dem Weg zum Nachmittagstraining nur meinen Proteinriegel zu essen. Aber an den meisten Tagen war ich so ausgehungert, dass ich es einfach nicht schaffte, an der Cafeteria im Eisstadion vorbeizugehen, ohne mir einen kleinen Happen zu gönnen.

Eines Tages, in der zweiten Woche in San Mateo, ging ich regelrecht auf Fresstour. Ich nahm zwei gefüllte Krapfen und einen riesigen Hotdog mit allem Drum und Dran. Als ich mich umdrehte, um die Köstlichkeiten zu meinem Tisch zu tragen, fühlte ich, wie mir jemand ganz eklig auf die Schulter klopfte.

»Eisläuferdiät, wie?«, fragte Kai sarkastisch. »Hast du nicht gehört, was der Trainer gestern über Fastfood-Fraß gesagt hat?«

»Nur zu deiner Information: Ich gehe um viertel nach fünf aus dem Haus. In der letzten Woche habe ich nichts gehabt außer ein paar lausigen Proteinriegeln und Salat«, fuhr ich ihn an. »Lass mich in Ruhe, Kai. Ich bin am Verhungern.«

»Ooch, du hast wirklich ein ganz schweres Leben, Eisprinzessin«, spottete er. »Was glaubst du, wie es uns anderen geht. Meinst du, dass wir im Ritz essen? Ich gehe sogar noch früher als du aus dem Haus. Ich komme jeden Morgen von San Jose. Ich glaube, wir Jungs haben einfach mehr Willenskraft.« Er trat an den Tresen. »Ich nehme nur einen Kräutertee und einen Jogurt … Magerjogurt«, sagte er zu dem Mädchen hinter der Theke.

Die hübsche Brünette sah erst mich an, dann Kai. »Bist du sicher, dass du nicht wieder ein Cremetörtchen nimmst wie gestern?«, fragte sie honigsüß.

»Ha!«, lachte ich. »Jungs haben mehr Willenskraft. Stimmt genau.«

Kai sah fast so aus, als müsste er auch lachen. Dann aber zuckte er nur die Schultern. »Genau genommen macht es gar nichts aus, ob ich etwas zunehme. Ich habe nicht vor, bei Wettkämpfen zu starten.«

»Nicht?« Warum sollte jemand auf die Idee kommen, so hart zu arbeiten, wenn er nicht bei Meisterschaften laufen wollte? »Warum bist du dann überhaupt hier? Warum stehst du jeden Morgen so früh auf und läufst dir jeden Tag den Hintern ab?«

Er hatte wieder sein freches Standardgrinsen drauf. »Sieh es mal so: Eiskunstlauf ist was für Loser. Oder siehst du hier irgendwo echte Kerle? Ich laufe nur, um in Form zu bleiben.« Damit drehte er sich um und marschierte aus der Cafeteria. Er wartete noch nicht mal, bis er seinen Jogurt bekam.

Die Brünette hinter dem Tresen schüttelte den Kopf. »Du weißt nie, wie du mit dem Kerl dran bist. An einem Tag ist er völlig süß und flirtet die ganze Zeit. Am nächsten würde er dir am liebsten den Kopf abreißen. Ich würde mich von ihm fern halten, wenn ich du wäre.«

»Das ist ein Rat, den ich schon mal gehört habe«, murmelte ich.

An den meisten Abenden hatte ich beim Nachhausekommen das Gefühl, ich hätte gerade den längsten Tag der Welt hinter mich gebracht. Ich hatte kaum Kraft, mein Abendbrot zu essen, und ich schlief meistens über den Hausaufgaben ein. Auch wenn ich früh genug zu Hause war, um noch fernzusehen, war ich meistens zu fertig.

Troy dachte zuerst, mein neuer Trainer wäre eine gute Idee gewesen. Einmal hörte ich sogar, wie er gegenüber einem Schulfreund damit angab, ich hätte einen Olympiatrainer und so. Aber auch ihm musste eines Tages aufgehen, dass San Mateo eine Extra-Dreiviertelstunde entfernt lag. Und dass ich meistens nicht die Energie hatte, ihn in der Woche zu sehen.

»Wo warst du denn gestern Abend?«, fragte mich Troy in der Mittagspause am Donnerstag und legte seinen Arm um meine Schultern. »Ich habe um sieben angerufen, und deine Mutter sagte mir, du wärst noch nicht zu Hause.«

»Was glaubst denn du, was ich mache? Eislaufen«, blaffte ich ihn an. Mein Trainingsplan machte mich krank, und was ich garantiert nicht brauchte, waren irgendwelche Meckereien von Troy zusätzlich zu meiner Erschöpfung. »Es ist ein langer Weg von San Mateo.«

»Ich komm überhaupt nicht mehr dazu, mit dir zu reden, Kirsten«, jammerte Troy. »Du hast nie Zeit für mich.«

»Ich habe keine Wahl«, sagte ich und stocherte lustlos in meinem welken, geschmacksneutralen Salat. Ich machte Troy keine Vorwürfe, dass er genervt war über meinen Tagesablauf, aber er machte es mir dadurch auch nicht gerade leichter.

»Und du musst wirklich mit diesem Vlad trainieren, oder?«, fragte er, als er seinen zweiten Sandwich mit Erdnussbutter hinuntermampfte. »Vielleicht war ja Myra doch nicht so schlecht. Wenigstens konnten wir uns noch treffen, als sie dich trainiert hat.«

»Und was soll ich deiner Meinung nach tun?«, fragte ich mit einem kurzen Auflachen, um die Unterhaltung etwas aufzulockern. »Soll ich auf die Chance verzichten, mit dem besten Trainer der Gegend zu arbeiten, wenn nicht gar dem besten der Welt, nur weil er eine halbe Stunde weiter entfernt ist?«

»Nein, natürlich nicht«, sagte Troy schnell und trank einen Schluck Sprudel. »Es ist nur ... ich vermisse dich eben, Kirsten. Wir hatten auch vorher kaum Zeit füreinander ... als du mit Myra hier in Berkeley trainiert hast. Und jetzt verbringen wir sogar noch weniger Zeit miteinander.«

»Ich weiß. Und es tut mir Leid, Troy. Ich wünschte, es gäbe einen Weg, dass ich beides tun könnte ... mit dem neuen Trainer zu arbeiten und jeden Nachmittag mit dir zusammen zu sein. Aber ich kann es halt nicht. Es muss eben im Moment so laufen.«

Ich gab es auf, den Salat noch zu essen, und warf die Gabel auf den Teller.

Er sagte nichts, also fuhr ich fort. »Na komm, Troy. Du bist auch Sportler. Du weißt, wie das ist. Wenn dir ein Trainer an einer Superschule ein Stipendium anbietet unter der Bedingung, dass du fünf Stunden pro Tag mehr arbeitest, würdest du das machen, oder etwa nicht? Und du würdest erwarten, dass ich das verstehe.«

»Wahrscheinlich«, sagte er langsam. »Aber es ist schwer, Kirsten. Ich meine, was nützt mir eine Freundin, die nie da ist?«

»Ich bin samstagabends da«, sagte ich. »Und ich versuche, es zu all deinen Freitagabendspielen zu schaffen. Nur in der Woche kann ich eben abends nicht. Und du bist ja sowieso auch mit dem Footballtraining nicht vor fünf Uhr fertig.«

»Aber was ist, wenn ich nach dem Training noch ausgehen will? Wenn ich mit meiner Freundin etwas Zeit verbringen möchte?« Er klang wie ein kleiner Junge, dem man den Ball weggenommen hat. Er aß sein Sandwich auf und öffnete eine Tüte Chips.

»Ich glaube das nicht. Du kannst doch nicht wirklich verlangen, dass ich mit dem Eislaufen aufhöre ... Dass ich meine Chance auf Gold aufgebe nur für den Fall, dass du mal abends etwas vorhast?« Ich versuchte, vernünftig zu bleiben, aber ich wurde von Minute zu Minute wütender.

»Sicher, warum nicht?«, sagte er, aber diesmal lachte er dabei. Dann lehnte er sich herüber und küsste mich auf die Nase. »Ist schon okay, Kirsten. Ich weiß, dass du das jetzt so machen musst. Und ich glaube auch nicht, dass es für dich leicht ist. Ich werde versuchen, ein richtig sensibler Kerl zu sein und deine Gefühle zu verstehen, okay?«

»Na klar!«, sagte ich lächelnd. »Du? Sensibel?« Ich rutschte näher an ihn heran auf der Cafeteriabank. Ich wollte, dass alle schlechten Gefühle in mir davonflögen ... Ich wollte mich verlieren in Troys Duft nach Football und Seife.

»Hey, ich kann genauso sensibel sein wie jeder andere, wenn ich nur will.«

Ich wusste, dass Troy mich wirklich mochte. Deswegen wollte er auch mehr mit mir zusammen sein. Er war schon toll – und wie gesagt, mein Schlüssel zur Berühmtheit an der Berkeley High School. Ich wollte ihn nicht verlieren. Aber ich würde für ihn nicht mit dem Eislaufen aufhören.

Ich hatte mich irgendwie selbst in diese Situation gebracht. Und irgendwie musste ich einen Weg finden, dass beide Seiten funktionierten.

Mein neuer Trainer hatte mich wirklich sehr hart arbeiten lassen in den ersten paar Wochen. Ich musste sogar noch einmal ganz von vorne anfangen. Wir arbeiteten an jedem Anlauf, jedem Absprung und jeder Kopfhaltung. Aber jedes Mal, wenn mein Kopf dachte, ich hätte den Sprung drauf, wollte der Körper einfach nicht mitmachen.

Vlad dachte, es könnte hilfreich sein, wenn ich an meinen Pirouetten arbeitete. Ich sollte etwas tun, was ich gut konnte – etwas, dessen ich mir sicher war –, und dann zu den Sprüngen übergehen.

»Was möchten Sie zuerst sehen?«, fragte ich ihn am Freitagnachmittag.

»Versuch's mit einer Kamel-Pirouette rückwärts.«

Ich glitt zur Mitte der Eisfläche, machte einige Kreuzschritte rückwärts und verlagerte dann mein Gewicht auf den linken Fuß. Ich schwang mein rechtes Bein in die Luft und landete vorwärts, wobei ich darauf achtete, dass mein Rücken gebeugt und mein Kinn hoch war. Dann drehte ich mich auf dem linken Fußballen. Ich achtete darauf, dass die Arme genau gerade nach links und rechts ausgestreckt waren ... und ich hielt während der ganzen Pirouette das gleiche Tempo. Perfekt. Ich konnte es nicht abwarten, Vlad eine weitere Pirouette zu zeigen.

»Gut. Jetzt wollen wir uns das im Sitzen ansehen«, rief Vlad als Nächstes.

Ich ging in die Sitzpirouette, eine meiner Lieblingsfiguren. Ich nahm Tempo auf, ging in die Hocke, hielt meine Arme vor mich hin und drehte mich auf dem linken Fuß, wobei ich das rechte Bein ausstreckte. Ich fühlte mich jetzt wirklich gut.

»Großartig!«, applaudierte Vlad. »Und jetzt wollen wir Alice zusehen, die uns einen Dreifachsprung vorführt. Sieh zuerst nur zu, Kirsten; danach machst du genau nach, was Alice macht.«

Das war die totale Erniedrigung. Wieso konnte Alice die Dreifachen und ich nicht? Und warum ließ mich Vlad nicht einen versuchen, bevor er mich zwang zuzusehen, wie Alice angeben konnte?

Alice musste gesehen haben, wie erbärmlich ich mich fühlte, nachdem sie ihre Sprünge vorgeführt hatte. Sie folgte mir an den Rand der Eisfläche, als der Zamboni aufs Eis fuhr. Das ist diese Maschine, die aussieht wie ein Traktor, mit der das Eis gesäubert wird. Alle Läufer mussten vom Eis, damit der Zamboni seine Arbeit tun konnte.

Alice stand neben mir, als ich mich auf eine Bank fallen ließ.

»Ich weiß einfach nicht, warum ich es nicht schaffe«, grummelte ich sie an.

»Mach dir keine Sorgen; das kommt schon noch«, sagte sie freundlich und setzte sich neben mich. »Es braucht seine Zeit, bis man sich an einen neuen Trainer gewöhnt hat. Vielleicht bist du auch nur müde vom langen Weg.«

»Du hast Recht«, sagte ich. »Ich bin völlig fertig. Und das liegt nicht nur daran, dass ich so früh aufstehen und hierher fahren muss. Ich habe Stress wegen Troy.«

»Hast du irgendwelche Probleme mit ihm?«, fragte Alice und fegte ein paar Eiskrumen von ihren Kufen.

»Nein. Doch. Na ja ... er versucht, verständnisvoll zu sein«, erklärte ich, »aber ich weiß, dass es ihn nervt, dass er der Einzige im ganzen Team ist, dessen Freundin nach dem Training nicht auf eine Pizza mitkommt oder so. Ich weiß, dass immer ein paar Mädchen um ihn herumhängen. Ich möchte ihn nicht verlieren, Alice, aber ich werde nicht mit dem Eislaufen aufhören, um mit ihm zusammen zu sein.«

»Deine Probleme möchte ich haben.«

»Dafür gibt es immer noch Kai«, neckte ich sie.

Wir drehten uns beide um, da Kai auf das Eis trat. Die riesige Lauffläche sah aus wie neu; sie glitzerte, als ob Millionen von Diamanten unter der Last des Zamboni zerdrückt worden wären. Es war das Nachmittagstraining, sodass wir die Bahn nicht für uns alleine hatten. Vlads Läufer mussten sie mit anderen Jugendlichen teilen, die Privatstunden bekamen. Und es gab immer Zuschauer, die in der Cafeteria saßen oder gekommen waren, bevor die Bahn für die »Normalverbraucher« geöffnet wurde.

Kai lief hinüber zur Bande und sprach mit einer Gruppe von Mädchen, die ihn anhimmelten. Er machte anscheinend eine große Show daraus, als ob er es liebte, im Mittelpunkt des Interesses zu stehen.

»Wenigstens hat Kai keine Angst vor Mädchen«, sagte Alice.

»Wenn Kai ein bisschen netter wäre, könnte ich dich ja mit ihm verkuppeln«, sagte ich. »Ihr wärt ein hübsches Paar.«

Ich sah zu, wie Kai seinen Fans zuwinkte und wieder auf

die Eisfläche fuhr. Er suchte sich eine freie Stelle und zog einen Kreis, indem er rückwärts fuhr und Kreuzschritte machte. Dann lehnte er sich zurück und trat mit der äußeren Kante der linken Kufe genau in die Mitte des Kreises. Ich wusste, dass er eine Sitzpirouette versuchen wollte.

Ich war wie hypnotisiert von dieser gebündelten männlichen Kraft, mit der er sein rechtes Bein nach vorne zog und gleichzeitig mit einer fließenden Bewegung in die Hocke ging. Kai hockte sehr niedrig über dem Eis. Jetzt müsste er den Kopf herunternehmen und die Arme über das ausgestreckte Bein halten und dabei die ganze Zeit die superschnelle Drehbewegung kontrollieren. Und das tat er.

Mein Herz klopfte aufgeregt angesichts der Energie, die er ausstrahlte. Kai mochte ein ausgemachtes Ekelpaket sein, aber was konnte er Eis laufen!

Das Gewicht immer noch auf dem linken Schlittschuh haltend, stand er jetzt auf dem linken Bein und zog das rechte wieder hoch. Er beendete die Übung triumphierend und unter lautem Jubeln seiner Fans im Zuschauerraum.

Ich konnte nicht begreifen, wie Kai so schnell solche Fortschritte gemacht hatte. Seine Form wurde immer besser.

Seit unserem Zusammenstoß hatten Kai und ich kaum zwei Worte miteinander gewechselt. Genauer gesagt hatte ich mich bemüht, ihm aus dem Weg zu gehen. Ich hatte genug Stress in meinem Leben, um mich mit einem Typen wie ihm herumzuzanken.

Ich trat wieder aufs Eis, um mit meinen Sprüngen weiterzumachen. Ich musste mich konzentrieren; alles bis auf den Dreifachen musste aus meinem Kopf raus. Raus mit

Kais muskulösen Beinen und breiten Schultern. *Es liegt alles an dir,* sagte ich mir vor. *Wenn du den Dreifachen schaffen willst, musst du ihn nur genau vor dir sehen.* Aber jedes Mal, wenn ich auf meinem Hintern landete – und das war jedes Mal, wenn ich einen Dreifachen versuchte –, war Kai da, mit einem frechen Grinsen und einem fiesen Spruch.

»Zu den Olympischen Spielen gehst du also?«, murmelte er, als er an mir vorbeilief. »Als was – als Würstchenverkäufer?«

Ich sah ihn wütend an, während ich mir Eissplitter vom Hintern wischte. »Ich habe noch nie gesehen, dass du einen Dreifachen versucht hast.«

»Diese Woche sind die Doppelten dran«, sagte er selbstzufrieden. »Dreifache dann nächste Woche. Und Vierfache übernächste.«

»Im Traum vielleicht.«

»In meinen Träumen geht's um andere Sachen als Vierfachsprünge«, gab er zurück und zog eine Augenbraue hoch.

Ich fühlte, wie ich rot wurde, worauf er noch mehr grinste. Kai schien es echt Spaß zu machen, wenn er mich verunsicherte. Ich konnte es nicht erwarten, diesen verdammten Sprung endlich hinzukriegen. Dann würde das schleimige Grinsen in diesem perfekt gezeichneten Gesicht schon vergehen.

Man kann wohl sagen, dass ich viel härter arbeitete, wenn Kai in der Nähe war. Er brachte eine Seite in mir zum Vorschein, die ich vorher nicht kannte. Ich hatte mich immer für schüchtern gehalten in Gegenwart von Jungs. Kai drückte anscheinend bei mir ganz andere Knöpfe.

»Was ist eigentlich sein Problem?«, fragte ich Alice, als wir eine kurze Pause machten.

»Sein Problem?«, fragte sie zurück.

»Kai ist ziemlich süß«, sagte ich, während er mit einem anderen Mädchen herumalberte. Er saß unter einer Anzahl von Flaggen aus verschiedenen Ländern, die über der Tribüne hingen. »Aber er ist doch fast schon verhaltensgestört. Warum ist er nur so feindselig?«

»Ich nehme an, das hat alles mit dieser Eishockeysache zu tun. Weißt du, seitdem er nicht mehr in der Liga spielt«, erklärte sie. »Ich habe gehört, er war wirklich ein echt guter Spieler – gut genug, um ein Stipendium zu bekommen und später Profi zu werden.«

»Und warum macht er dann jetzt Eiskunstlauf?«, fragte ich und fuhr einen kleinen Kreis um Alice. »Wirklich nur, um in Form zu bleiben?«

»Nehme ich an«, sagte sie und folgte ihm mit dem Blick, als er das Mädchen auf der Bank sitzen ließ und wieder aufs Eis lief. Er beschleunigte, bereitete den Sprung vor und wirbelte mit fantastischer Kraft und Eleganz durch die Luft.

»Er sieht aus, als könnte er sofort wieder zurückgehen. Wenn er so springen kann, geh ich davon aus, dass er auch Eishockey spielen kann.«

»Vielleicht gefällt ihm das hier jetzt besser als Eishockey«, schlug Alice vor.

Genau in diesem Moment fegte Kai an uns vorbei und ein Eisregen flog uns ins Gesicht. »Vielleicht hat er entschieden, dass er sich nicht von den zwei niedlichsten Läuferinnen in ganz Kalifornien losreißen kann«, flüsterte ich.

Alice kicherte, als Kai in unsere Richtung blickte.

Kai ging in eine einfache Pirouette, strauchelte und fiel der Länge nach hin. Sein Gesicht krachte aufs Eis. »Warum kriege ich nur dieses verdammte Ding nicht hin!«, hörte ich ihn brüllen. Seine Stimme hallte über die ganze Bahn. Er sah zu Alice und mir herüber. »Was gibt's denn da zu glotzen, häh?«

»Wir erinnern uns nur gerade daran, wie man eine Pirouette *nicht* macht«, rief ich ihm zu. Diesmal sollte er nicht das letzte Wort haben. Als er sich aufrappelte, machte ich ein Siegeszeichen, als hätte ich gerade ein Tor geschossen. Ich hatte den Eindruck, als hätte ich den Hauch eines Grinsens bei ihm gesehen, als er wegfuhr.

»Kirsten? Alice? Seid ihr zwei schon so perfekt, dass ihr nicht mehr trainieren müsst?«, rief der Trainer uns zu.

Wir liefen schnell zur Mitte der Eisfläche. »Nur kurz Luft holen«, sagte ich.

»Genug Luft geholt. Zeit, wieder an die Arbeit zu gehen«, grummelte Vlad. »Und, Kirsten, ich hätte dich nach dem Training gerne in meinem Büro gesprochen«, fügte er hinzu.

Alice warf mir einen Blick zu. »Warum will er mit dir sprechen und nicht mit mir?«

»Vielleicht hat er beschlossen, dass ich die Landesmeisterschaften auslasse und direkt nach Olympia soll«, sagte ich leichthin.

»Aber du kannst ja noch nicht mal die Dreifachen«, sagte sie nervös.

»Ich mach ja auch nur Spaß, Alice«, meinte ich. »Vielleicht wird er mir erzählen, dass ich einen schlechten Einfluss auf dich habe, weil ich dich so oft zum Kichern bringe.«

Alice lächelte, dann fuhr sie wieder aufs Eis. »Viel Spaß bei deiner Besprechung mit Vladimir«, rief sie mir zu.

Später am Nachmittag ging ich ins Büro unseres Trainers, von wo aus man die ganze Eisfläche überblicken konnte. Ich schaute mich um. Jeder freie Zentimeter war mit Eislaufsachen voll gestopft. Pokale, Warm-up-Kleidung, Poster, Schlittschuhbeutel, zerrissene Schnürsenkel …

»Nimm Platz«, sagte Vlad und zeigte auf einen Stuhl.

Ich setzte mich. Der Stuhl war einer von diesen kleinen, unbequemen Klappstühlen aus Holz.

Er sah mich an. »Kirsten, ich fürchte, ich muss dir etwas sagen, was du nicht gern hören wirst. Ich habe dich seit deinem ersten Tag hier beobachtet, und ich habe etwas bemerkt. Etwas, das dein gesamtes Leben verändern wird. Kirsten, ich glaube nicht, dass du den dreifachen Toeloop schaffen wirst.«

»Sie meinen, ich schaffe ihn nicht rechtzeitig für meine Kür bei den Landesmeisterschaften dieses Jahr?«

»Nicht nur das. Du wirst ihn niemals schaffen. Wenigstens nicht in den nächsten Monaten.«

Es war, als ob die Zeit stehen geblieben wäre. Ich fühlte mich wie ein Luftballon, in den man mit einer Nadel gestochen hat. Die ganze Luft strömte aus. Es gab kein Geräusch mehr außer der Zamboni-Maschine unten, die langsam ihre Bahn zog, um das Eis zu erneuern.

»Aber ich bin fast so weit. Geben Sie mir noch eine Woche oder so …«

Er schüttelte den Kopf. »Ich denke, du hast einfach nicht genügend Kraft in den Beinen. Ich denke, du wirst nie genügend Kraft haben.«

»Aber Alice schafft es. Und ich habe sie letztes Jahr geschlagen.«

»Alice ist ganz anders gebaut als du«, erklärte er. »Sie ist viel muskulöser und hat weniger Kurven. Das heißt nicht, dass sie die bessere Läuferin ist …«

»Nein, aber eine, die Dreifachsprünge kann«, beendete ich den Satz für ihn.

Er nickte. »Aber du hast Qualitäten, die sie nicht hat.« Er lehnte sich auf seinen Schreibtisch. »Du hast ein gutes Gefühl für die Musik. Du hast ein besonderes Verhältnis zum Eis. Und du läufst sehr gefühlvoll.«

»Das hört sich an, als wäre ich ideal als Chorläuferin bei Holiday on Ice«, sagte ich bitter. »Sie wissen, dass ich ohne Dreifache keine Chance habe, zu den Spielen zu kommen.«

»Vielleicht ja, vielleicht nein«, sagte er geheimnisvoll.

»Wie meinen Sie das?«

Er lehnte sich noch weiter zu mir herüber, als ob er mir ein Geheimnis ins Ohr flüstern wollte. »Für eine Einzelläuferin fehlen dir ein paar wichtige Dinge, Kirsten. Und ich glaube nicht, dass sich das ändern wird, wenn du älter bist. Aber deine Art zu laufen ist etwas Besonderes, und wir sollten das weiterverfolgen. Du hast Qualitäten, mit denen du ganz nach oben kommen kannst. Also sollten wir vielleicht in einer anderen Richtung weitermachen.«

»Was für eine Richtung?« Jetzt, wo mir Vladimir gerade gesagt hatte, dass ich nie zur Olympiade kommen würde, war ich nicht sicher, ob ich seine *Lösung* hören wollte.

»Ich möchte gerne sehen, wie du mit einem Partner läufst. Ich glaube, du bist exzellent geeignet für den Paarlauf.«

»Paarlauf?« Nie und nimmer wollte ich Paarläuferin werden.

Er nickte. »Das ist meine Spezialität. Bei aller Bescheidenheit kann ich doch sagen, dass sich nur wenige mit Paarlauf so auskennen wie ich. Solange ich in Amerika bin, habe ich mich umgesehen nach zwei Läufern, aus denen ich ein Paar machen könnte. Ich möchte dich zu einer Weltklasse-Paarläuferin machen.«

»Aber wer soll mein Partner werden?«, fragte ich. Mir war schwindelig. Zum einen wegen der vernichtenden Kritik, mit der Vladimir mich geschlagen hatte. Zum anderen aber wegen der geradezu unerhörten Aussichten: ein Spezialist für Paarlaufen ... Weltklasse ...

»Ich kann den perfekten Partner für dich finden. Das ist kein Problem«, erklärte Vlad. »Ich möchte, dass du jetzt nach Hause gehst und die Sache mit deinen Eltern besprichst. Lass dir Zeit. Denk darüber nach. Es ist eine schwierige Entscheidung.«

Ich starrte aus dem Fenster. Der Zamboni kroch um die Bahn wie ein großer Käfer. Genauso fühlte ich mich – wie ein Insekt, das hin und her kriecht und verzweifelt nach einem Weg nach draußen sucht.

»Welche Alternative habe ich?«, fragte ich endlich. »Sie haben mir gerade gesagt, dass ich es nie als Einzelläuferin schaffen werde.«

»Ich habe nicht *nie* gesagt«, unterbrach mich Trainer Vlad. »Ich kenne Läufer, die sind erst mit Mitte zwanzig richtig gut geworden.«

»So lange kann ich nicht warten«, sagte ich. »Jetzt oder nie. Und ich möchte es so gerne *jetzt*. Wer weiß, wie lange ich mich noch so gut fühlen werde? Ich muss zu den Olympischen Spielen, egal wie. Wenn Sie sagen, dass Paarlauf meine einzige Chance ist, dann werde ich sie wohl nutzen müssen.«

Er nickte. »Ich glaube, du wirst es bestimmt nicht bereuen, Kirsten«, sagte er und lehnte sich zurück. »Du bist einfach für den Paarlauf geschaffen. Wie gesagt, du läufst mit so viel Gefühl. Die Preisrichter achten beim Paarlauf viel mehr auf die gefühlsbetonte Interpretation der Musik als bei den Einzelläufern. Und nun zu dem perfekten Partner, den ich dir versprochen habe ...«

»Sie wissen schon jemanden?«, fragte ich.

Vlad stand auf, ging zur Tür, öffnete sie und rief »Würdest du jetzt bitte hereinkommen?«

Mir fiel fast der Unterkiefer herunter, als Kai in das Büro spazierte. Wenn er nicht auf dem Eis war, sah er noch größer und überwältigender aus. Er stand da und sah genauso verwirrt und trotzig aus, wie ich mich fühlte.

»Kai, erinnerst du dich an unser kleines Gespräch?«, begann Vlad. »Ich möchte dir gerne deine neue Partnerin vorstellen.«

Kais eisblaue Augen sahen in meine herunter.

»Sie?«, sagte er in genau dem Moment, in dem ich »Er?« sagte.

Kapitel 5

Kai sah mich an, als sei ich irgendein ekliger Geruch, der hinter dem Schrank hervorkriecht. »Sie können doch nicht im Ernst glauben, dass ich mit der laufe«, sagte er. »Sie ist eine Eisprinzessin ... sie glaubt, besser zu sein als alle anderen, weil sie ihr Leben lang nichts anderes als Eiskunstlauf gemacht hat.«

»Eisprinzessin! Hört euch das an! Vlad, Sie meinen nicht im Ernst, dass ich mit ihm laufen soll? Kai ist doch erst ein Anfänger!« Ich stand auf und zeigte mit dem Finger auf den Typen vor mir.

»Sehen Sie, was ich meine, Vlad?«, fragte Kai. »Hör zu, Süße, so gut wie du laufe ich noch jeden Tag.« Wir sahen uns jetzt genau ins Gesicht.

»Beweis es mir, Anfänger. Zeig mir, dass du mit den Schlittschuhen genauso schnell bist wie mit dem Mundwerk.«

»Ich möchte nicht gern Euer Hoheit Weg kreuzen. Du brauchst den ganzen Platz, den du kriegen kannst, um auf deinen wabbeligen Hintern zu fallen.« Ich drehte mich um und starrte aus dem Fenster, um Kais gemeine Worte zu ignorieren. »In den letzten Tagen sitzt du mehr auf dem Eis, als dass du darauf läufst.«

Das war dann doch zu viel. »Das liegt vielleicht daran,

dass ich Dreifachsprünge übe, was du nie schaffen wirst. Und mein Hintern ist nicht wabbelig«, fuhr ich ihn an.

Wir standen da und starrten uns wütend an, wie zwei Straßenhunde, die sich zum Angriff vorbereiten.

Vlad trat zwischen uns. »Aber, aber«, bat er. »Dieses kindische Benehmen können wir nun gar nicht brauchen. Ihr müsst lernen, miteinander auszukommen, wenn ihr vorhabt, ein Team zu werden.«

»Hören Sie, ich habe nie *vorgehabt*, ernsthaft mit Eiskunstlauf anzufangen.« Kai trat einen Schritt zurück. »Sie waren derjenige, der gesagt hat, dass ich Talent hätte, dass ich es mal versuchen sollte. Aber wenn ich ehrlich bin, dann ist Eiskunstlauf etwas für Loser.«

»Loser!«

»Na gut, vielleicht ist es okay für Mädchen«, fügte Kai hinzu. »Aber nicht für Kerle – für richtige Kerle. Die spielen Football oder Eishockey.«

»Und warum gehst du dann nicht und spielst weiter Eishockey und lässt uns hier in Frieden?« Ich setzte mich wieder auf den unbequemen Stuhl vor Vlads Schreibtisch. »Wie du dich aufführst ... Deine ganze Arroganz passt da viel besser hin.«

Über Kais Gesicht lief ein sonderbarer Ausdruck. Panik? Traurigkeit? Angst? Man konnte seine Gefühle beinahe mit den Händen greifen ... aber nur beinahe. Der arrogante Kerl, dem es Spaß machte, mich runterzumachen, war verschwunden. Plötzlich sah Kai sehr verletzlich aus. »Ich kann noch nicht wieder Eishockey spielen«, sagte er zögernd. »Ich bin nur hier, um wieder in Form zu kommen, für den Fall, dass ...«

»Wenn du mit mir an einer Paarlaufkür arbeitest, bist du in Form für was immer du willst«, versprach Vladimir und führte Kai zu dem Stuhl neben mir. »Ich werde euch arbeiten lassen, bis ihr umfallt und um Gnade bettelt. Wenn ihr das durchhaltet, werdet ihr meiner Meinung nach in der Lage sein, mit den Besten mitzuhalten.«

»Na gut, im Moment hab ich wohl nichts zu verlieren«, sagte Kai und zuckte die Schultern. »Aber erwarten Sie nicht, dass ich das ewig mache. Und ich weiß noch nicht von wegen mithalten und so.«

Der Trainer sah mich an. »Bist du bereit, es zu versuchen, Kirsten? Du brauchst dich heute nicht endgültig zu entscheiden. Lasst uns etwas zusammen arbeiten und sehen, ob es für euch beide das Richtige ist. Wenn du meinst, du möchtest weiter als Einzelläuferin arbeiten, hast du trotzdem keine Zeit vergeudet. Du könntest sogar ein paar neue Elemente lernen.«

Ich sah Kai an, dann wieder den Trainer. »Okay«, sagte ich langsam. »Ich bin bereit, es zu versuchen. Aber wenn Kai denkt, dass er mich die ganze Zeit niedermachen kann, höre ich sofort auf.«

Vladimir klatschte in die Hände und lächelte. »Gut. Dann ist das geklärt. Morgen werde ich euch gleich für die Regionalmeisterschaften der Pazifikküste anmelden.«

»Regionalmeisterschaften?«, platzte ich heraus. »Aber … die sind in nicht mal zwei Monaten. Das werden wir nie schaffen.«

Vladimir zuckte die Schultern und setzte sich wieder in seinen Sessel. »Wenn ihr noch nicht so weit seid, dann blasen wir es ab. Kein Problem. Aber ich meine, wir sollten so arbeiten, als ob wir vorhätten, die Meisterschaft zu gewinnen. Und dann können wir weitergehen zu den Landesmeisterschaften im Februar. Wir fangen morgen an – am Samstag, um halb sechs. Ich habe abgemacht, dass wir das Eis ganz für uns allein haben werden. Stellt euch darauf ein, sehr hart zu arbeiten.«

Und damit brachte Vladimir uns zur Tür.

Da stand ich nun, vor dem Büro unseres Trainers, und fühlte mich, als wäre die ganze Welt über mir zusammengebrochen. Das Gewicht von Vladimirs Worten krachte auf mich nieder, als er die Tür zuschlug. Ich würde nie bei der Olympiade starten – jedenfalls nicht als Einzelläuferin. Nichts mehr mit Kirsten Hayes – dem zukünftigen Olympiastar. Mit ein paar schmerzhaften Worten hatte Vlad alles zum Fenster rausgeworfen, wofür ich so hart gearbeitet hatte. Meine Eislaufkarriere war ein Reinfall … genau wie ich.

»Hey, bist du okay?«, unterbrach Kai meine Gedanken. »Kirsten, du siehst völlig fertig aus. Ich wollte dich nicht beleidigen da drinnen. Es ist nur, dass …«

»Mach dich nicht lächerlich.« Wir gingen den mit Gummimatten ausgelegten Weg zur Eisfläche zurück. »Ich kann den Wechsel akzeptieren … und die Tatsache, dass ich nie den dreifachen Toeloop stehen werde«, log ich.

Ich glaubte nicht, dass ich das beides je würde akzeptieren können. Aber ganz sicher würde ich Kai nicht meine wahren Gefühle gestehen. Er würde nur seine Witze darüber machen und mich noch mehr aufregen.

»Nur fürs Protokoll, ich glaube, das ist eine bescheuerte Idee«, sagte Kai. »Das wird nie klappen. Ich weiß nicht, wie der Typ es geschafft hat, mich dazu zu bringen, einverstanden zu sein. Ich bin hier, um in Form zu kommen, nicht, um bei irgendwelchen Meisterschaften anzutreten.«

»Für meine Begriffe bist du in ziemlich guter Form«, sagte ich mit einem Blick auf seine langen Beine und kräftigen Schultern. »Da scheint nicht viel verkehrt zu sein mit der Art, wie du dich auf dem Eis bewegst.«

»Schön, dass dir das aufgefallen ist«, grinste Kai, hörte aber sofort damit auf, als er meinen Blick sah.

»Und was ist das Problem mit dem Eishockey? Warum kannst du nicht wieder spielen?«

»Das ist eine lange Geschichte«, fuhr er mich an. »Ich sprech nicht darüber.«

»Tut mir Leid, dass ich gefragt habe.«

Wir gingen schweigend den Korridor entlang, Seite an Seite. Ich war mir sehr bewusst, dass Kai mich gewaltig überragte, als wir so nebeneinander gingen.

»Was ich nicht begreife«, fing Kai nach einer Weile an, »ist, warum du das machst. Ich meine, ist es nicht besser, als Einzelläuferin nach Olympia zu gehen? Du siehst mir ganz wie der Typ aus, der das Rampenlicht ganz für sich haben möchte.«

»Vladimir hat mir vorhin erklärt, dass ich es nie als Einzelläuferin nach Olympia schaffen werde«, sagte ich tonlos. »Ich schaffe den dreifachen Toeloop nicht. Meine Beine sind nicht kräftig genug. Und er glaubt nicht, dass ich es jemals bringen werde. Also kann ich mir meinen Traum nie erfüllen – genau wie du dir deine Eishockeyträume nicht erfüllen kannst. Und wie du ... möchte ich nicht darüber sprechen. Ich will jetzt nur nach Hause.«

Er sah mich an, als würde er mich zum ersten Mal sehen. »Also sind wir beide Versager. Vielleicht gehören wir ja wirklich zusammen.«

»Du solltest nicht von dir auf andere schließen«, sagte ich. »Ich seh mich nicht als Versager. Ich ändere nur meine Richtung, das ist alles. Ich plane nach wie vor, zu den Olympischen Spielen zu gehen, komme, was da wolle.«

Was habe ich jetzt wieder gemacht?, fragte ich mich, als ich an dem Abend mein Auto in der Einfahrt zu unserem Haus parkte. *Fünf Stunden pro Tag mit einem Eislaufpartner zu arbeiten, der wirklich der letzte Blödmann ist. Ich muss ja wohl völlig bescheuert sein!* Aber aus irgendeinem Grund hatte ich es gemacht, und ich wusste, das war nicht Kais muskulöser Brustkasten oder sein tolles Lächeln. Es war die Art gewesen, wie er für den Bruchteil einer Sekunde ausgesehen hatte, als ich ihn fragte, warum er nicht wieder Eishockey spielen ging. Es war, als hätte man eine Schicht von einer Zwiebel abgepellt und unter seinem Äußeren den kleinen, verängstigten Jungen gesehen.

Ich kannte nicht die ganze Geschichte, aber ich hatte das Gefühl, dass eine große Sache auf dem Eishockeyfeld passiert war, etwas, dem sich Kai nicht stellen wollte. Ich fragte mich, ob das der Grund war, dass er sich jetzt wie ein Superstar aufführte – vielleicht wollte er damit eine ganz tiefe Angst überspielen.

Vielleicht hatten wir also doch etwas gemeinsam. Denn ich hatte auch Angst. Ich hatte Angst davor, zu versagen und herauszufinden, dass Troy vielleicht doch Recht hatte.

Herauszufinden, dass all die Jahre harter Arbeit umsonst gewesen waren.

Ich habe mich zu nichts verpflichtet, sagte ich mir vor. *Ich habe nur gesagt, ich werde es versuchen. Ich könnte jederzeit wieder Einzelläuferin werden, wenn ich wollte.* Aber ich wusste überhaupt nicht mehr, was ich wollte ...

Ich atmete tief durch, bevor ich die Wagentür öffnete ... bevor ich langsam zur Haustür ging und ins Haus trat. Es war klar, dass ich meinen Eltern sagen musste, wie es um meine Karriere als Einzelläuferin stand ... Dass ich von nun an mit Kai laufen würde. Aber es war auch klar, dass ich optimistisch aussehen musste, oder sie würden sofort merken, wie erschüttert ich wirklich war. Ich wollte es ihnen nur kurz sagen und dann auf mein Zimmer gehen. Ich musste erst einmal alles verarbeiten. Und zwar allein.

»Mom, Dad, seid ihr zu Hause?«, rief ich, als ich ins Haus trat. »Ich muss mit euch reden.« Ich fand sie in der Küche und erzählte ihnen die Neuigkeit.

»Paarlauf? Warum denn?«, fragte mein Vater.

»Wolltest du das so?«, setzte meine Mutter hinzu.

»Der Trainer sagt, dass ich nicht kräftig genug bin ... Dass ich nie kräftig genug sein werde, um als Einzelläuferin aufs Treppchen zu kommen. Er glaubt, dass ich eine größere Chance habe, ganz nach oben zu kommen, wenn ich mit einem Partner laufe«, erklärte ich und kämpfte mit den Tränen, die jeden Moment fließen konnten. Dies war schwerer, als ich gedacht hatte. »Und er ist einer der besten Paarlauftrainer der Welt. Ich habe gesagt, dass ich es versuchen werde. Wenn ich merke, es ist nichts für mich, kann ich immer noch zum Einzellauf zurückkehren.«

Die ganze nächste Stunde lang quetschten mich meine Eltern wegen meiner Entscheidung aus. Sie wollten einfach sicher sein, dass ich das Richtige machte ... Dass der Trainer mich nicht zu etwas drängte, zu dem ich im Grunde keine Lust hatte. Nach ein paar Tränen – meinen, nicht ihren – und vielen Umarmungen waren meine Eltern und ich bereit, mich als Paarläuferin zu akzeptieren. Sie halfen mir, einzusehen, dass dies eine gute Idee war. Dass der Trainer mich nicht beleidigen wollte. Er wollte einfach nur, dass ich bekam, was mir zustand. Und ich wusste, dass ich eine Chance auf Gold hatte ... komme was da wolle.

Gerade als ich auf mein Zimmer gehen wollte, klingelte das Telefon. *Was denn jetzt noch?*, dachte ich.

Mein Vater ging ran. »Kirsten, es ist für dich. Troy ist dran.«

Troy. Jetzt, wo gerade die Welt um mich herum zusammenstürzte, war Troy der letzte Mensch, an den ich gedacht hatte.

Ich rannte die Treppe hoch und den Flur entlang, warf meine Eislaufsachen irgendwo hin und nahm den Hörer ab. »Alles klar, Dad.« Dann wartete ich, bis mein Vater zu mir durchgestellt hatte.

»Hi, Troy«, sagte ich und klemmte den Hörer zwischen Wange und Schulter. Ich warf mich aufs Bett, kickte die Schuhe weg und lehnte mich an den braunen Plüschbären, den Troy mir bei unserem dritten Date geschenkt hatte.

»Was gibt's Neues?«, fragte Troy.

Das war die perfekte Gelegenheit, ihm zu erzählen, dass ich jetzt mit Kai laufen würde. Aber plötzlich merkte ich, dass ich das nicht wollte. *Es hat keinen Zweck, ihm das jetzt zu erzählen,* sagte ich mir. *Nicht, bevor ich völlig sicher bin, dass ich das auch wirklich tun will.*

»Nur das Übliche.« Dann berichtete ich ihm alles, was an diesem Tag passiert war ... alles, außer der Tatsache, dass ich die nächsten zwei Monate mit einem total tollen, total ekelhaften Typen laufen würde. Während ich redete und redete, fühlte ich mich zum ersten Mal an diesem Tag glücklich. Troys tiefe, gewohnte Stimme besänftigte mich und Kai trat in meinem Bewusstsein langsam in den Hintergrund.

Troy räusperte sich. »Ich, äh ... hab angerufen, weil ich wissen wollte ... weißt du ... nun, morgen Nachmittag ...« Diesmal hustete er sogar. »Ich weiß, dass du morgens zum Training musst, aber es ist ein wirklich wichtiges Spiel. Und du hast gesagt, dass du samstags meistens Zeit hast.«

Bevor ich ihm noch sagen konnte, dass ich den ganzen Tag über Training hatte und nicht nur wie üblich ein paar Stunden am Vormittag, klickte das Telefon. Ein zweiter Anruf. »Wart mal einen Moment, Troy. Ich kriege gerade noch 'nen anderen Anruf.«

Ich drückte die entsprechende Taste. »Hallo?«

»Hi, Kirsten«, sagte eine männliche Stimme, die mir merkwürdig bekannt vorkam.

»Ja, hier ist Kirsten.« Ich konnte die Stimme nicht richtig einordnen. »Wer ist da?«

»Hier ist Kai.«

Warum rief Kai mich an? Reichte es nicht, dass ich ihn auf der Eisbahn dauernd sehen musste?

»Ich wollte mit dir über diese Paarlaufsache reden. Hast du ein paar Minuten Zeit?«

»Ja, sicher.« Ich war sicher, das, was er zu sagen hatte, würde nicht lange dauern. Aber Kai und ich redeten über zwanzig Minuten. Kai hatte Angst davor, dass wir einen großen Fehler begingen. Er wollte mir nichts vormachen und so tun, als ob er tatsächlich bis auf Meisterschaftsniveau mitmachen wollte, weil er immer noch fest an seine Rückkehr zum Eishockey glaubte. Ich erzählte ihm, was meine Eltern gesagt hatten ... Dass wir erst mal von Tag zu Tag sehen sollten, wie die Dinge liefen. Ich wusste selbst nicht, wie ich darüber dachte, in Zukunft mit Kai zu laufen. Es war noch alles zu neu. Wir schütteten uns wirklich gegenseitig das Herz aus, und am Ende fühlte ich, dass ich Kai etwas näher gekommen war.

»Danke für das Gespräch, Kirsten. Wir sehen uns dann morgen auf der Bahn.«

Ich legte auf. Ich fühlte mich besser als den ganzen bisherigen Tag. Ich rollte mich auf den Bauch und ...

Troy! Ich hatte Troy völlig vergessen. Ich grapschte mir schnell das Telefon und nahm den Hörer ab. Nichts. Kein Troy am anderen Ende. Nur ein wütendes Besetztzeichen. Ich hatte ihn die ganze Zeit in der Leitung gelassen, während ich mit Kai sprach.

»Was soll ich denn jetzt machen?«, heulte ich und sah auf die Uhr, die auf meiner weißen Kommode stand. Viertel nach zehn. Es war zu spät, um Troy noch mal anzurufen.

Ich setzte mich hin und vergrub den Kopf in den Händen. Ich musste einen Weg finden, um Troy wieder zu versöhnen, ihm erklären, dass ich ihn nicht absichtlich hatte warten lassen. Aber wie sollte ich ihm erklären, warum ich morgen nicht zu seinem Spiel kommen konnte?

Kapitel 6

Kai war schon auf dem Eis, als ich früh am Samstagmorgen ankam. Er trug seinen üblichen Rollkragenpullover, der sein dunkelblondes Haar leuchten ließ wie einen Heiligenschein. Er sah gut aus, sehr gut sogar. Ich fragte mich, ob Kais muskulöser Körperbau und sein perfektes Lächeln nicht ein entscheidender Vorteil waren ... vielleicht würden uns alle weiblichen Preisrichter Traumnoten geben. Ich grinste vor mich hin. Vielleicht war diese Paarlaufsache doch keine so schlechte Idee.

»Glaubst du, du bist zu gut, um pünktlich zu sein?«, fragte Kai, als ich meine Kufenschoner abnahm.

Was war bloß aus dem netten Jungen geworden, mit dem ich gestern telefoniert hatte? Kai war wie Dr. Jekyll und Mr Hyde – in der einen Sekunde nett und freundlich, in der nächsten ein absolutes Monster.

»Ich komme immerhin von Berkeley, und ich weiß nicht im Voraus, wie der Verkehr auf der Brücke sein wird.« Ich band mir die Schnürsenkel zu und zog mir meine grauen Lieblingshandschuhe an.

Er sah sehr überrascht aus. »Und warum trainierst du dann nicht auf der Bahn in Berkeley?«

»Weil Vladimir hier arbeitet. Ich denke, das leuchtet dir ein, oder?«

»Ich habe auch einen langen Weg«, sagte er und lief auf mich zu. »Ich komme aus San Jose.«

»Spielen nicht die Sharks im Eisstadion von San Jose Eishockey?« Ich trat aufs Eis und lief kleine Kreise.

»Hier gefällt's mir besser«, sagte er schnell. »Los, wir wollen uns aufwärmen.« Kai wechselte das Thema. »Ich will endlich mit dieser Paarlaufsache anfangen. Ich kann's gar nicht abwarten, dich hoch in die Luft zu heben.«

Über Hebungen hatte ich noch gar nicht nachgedacht. Sicher, ich wusste, dass dies ein wichtiger Bestandteil beim Paarlauf war, aber ich hatte nicht darüber nachgedacht, wie es wäre, von Kais starken Armen hochgehoben zu werden. Ein Bild blitzte durch meinen Kopf – seine Hände um meine schlanke Taille ... ich flog höher und höher, mein Gesicht ganz nah an seinem ...

Wahrscheinlich wird er mich absichtlich fallen lassen, dachte ich.

Der Trainer trottete zu uns herüber. Wie immer hatte er auch heute keine Schlittschuhe an den Füßen. Sein übliches Outfit bestand aus abgetragenen braunen Hosen, einem taillenlangen hellbraunen Jackett und einem alten Paar Trainingsschuhe. Die Schuhe waren wohl der Grund, warum er so komisch über das Eis ging. »Das reicht, ihr zwei. Lasst uns anfangen.« Er klatschte in die Hände und bat um Aufmerksamkeit. »Denkt daran, dies ist eine rein berufliche Partnerschaft. Ihr müsst euch nicht mögen. Ihr müsst nur zusammen arbeiten. Alles klar?«

Wir nickten beide.

»Zuerst müsst ihr ein Gefühl dafür entwickeln, wie es ist, im Team zu laufen. Jeder muss das Spiegelbild des anderen sein. Zwei Hände, die sich bewegen wie eine. Zwei Beine, die sich so bewegen, als wärt ihr Marionetten an denselben Fäden, okay? Kirsten, zieh deine Handschuhe aus.«

»Ist das nötig? Meine Hände werden doch immer so leicht kalt.«

Vladimir schüttelte den Kopf. »Ihr könnt nicht mit Handschuhen zusammenarbeiten. Ihr müsst wissen, was der Partner fühlt.«

»Im Moment, glaube ich, fühlt sie nur, dass sie nicht mit mir zusammenarbeiten will«, sagte Kai.

Unwillig zog ich die Handschuhe aus.

»Und jetzt fasst euch an und lauft über das Eis«, wies Vlad uns an. »Koordiniert eure Schritte so, dass ihr euch synchron bewegt.«

Umständlich nahm Kai meine Hand. Ich fühlte ein komisches Prickeln, das mir den Arm entlanglief, als seine starken, warmen Finger meine umfassten. Kais Hand war weicher und größer als Troys – die einzige andere Hand, die ich als Vergleich hatte. Mein Herz begann zu rasen bei seiner Berührung. Ich war nicht sicher, ob ich aufgeregt war oder ängstlich oder verlegen. Ich versuchte, mich aufs Eislaufen zu konzentrieren. Linker Fuß, rechter Fuß ... *Dies ist eine rein berufliche Partnerschaft, Kirsten. Sonst nichts,* erinnerte ich mich.

Kai stürmte mit Riesenschritten los.

»Hey, warte mal«, schrie ich und versuchte, ihn einzuholen. »Ich kann nicht so schnell.«

»Dann lerne, schneller zu sein.«

»Ich habe nicht so lange Beine wie du. Du musst langsamer laufen.« Wie kam es nur, dass Kai jedes Mal, wenn ich begann, ihn etwas sympathischer zu finden, seinen Mund aufmachte und alles wieder ruinierte?

»Aber du bist langsam wie eine Schnecke.« Dann drehte er sich um und streckte mir die Zunge heraus.

»Hört auf zu quasseln und fangt an zusammenzuarbeiten«, rief Vlad. »Links und rechts und links und rechts.« Er klatschte zum Takt seiner Anweisungen in die Hände. Wir gehorchten, und plötzlich liefen wir im Takt unserer Füße.

»Und jetzt leg deinen Arm um ihre Taille«, rief Vlad. »Immer schön weiterlaufen. Gleiches Tempo, links und rechts und in den Ecken überkreuzen …«

Kai legte seine Arme um mich und hielt mich ganz fest. Und plötzlich flogen wir übers Eis. Ich hatte noch nie vorher solche Geschwindigkeit gefühlt. Meine Schlittschuhe berührten kaum das Eis, als wir um die Kurven rasten. *Das ist wie Magie,* dachte ich. *So laufe ich in meinen Träumen.* Meine Augen glänzten vor Aufregung. Am liebsten hätte ich noch Stunden so weitergemacht.

Aber der Trainer rief uns zu anzuhalten. »Ihr seid anscheinend sehr schnell dahinter gekommen, wie man's macht«, sagte er und nickte befriedigt. »Ihr bewegt euch gut zusammen. Das war ein guter Anfang.«

»Als sie erst mal so schnell war wie ich, ging es ganz gut.« Kai musste natürlich wie immer seinen Senf dazugeben. Ich kam wieder zur Erde zurück – ich hatte vergessen, dass mein Traumpartner im echten Leben ein Armleuchter war.

»Jetzt wollen wir ein bisschen Walzer üben. Die Walzerdrehung wird viel im Paarlauf genutzt, um die Position der Partner zu wechseln. Die Walzerschritte kennt ihr ja, nicht wahr?«

»Sicher«, sagte ich im gleichen Moment, in dem Kai sagte: »Ich nicht.«

»Du hast nie Walzer gelernt?«, fragte ich, erfreut, dass ich ihm diesmal überlegen war. »Es ist total leicht. Immer drei Drehungen hintereinander.«

»Ich mach das hier erst seit sechs Monaten«, blaffte er. »Und eins kannst du mir glauben: Als ich noch Eishockey gespielt hab, konnte ich nicht sehr oft Walzer tanzen.«

»Zeig ihm, wie es geht, Kirsten. Er wird es schnell begreifen«, sagte Vladimir. In dem Moment lief Alice auf uns zu. Sie trug ein ziemlich extravagantes, lavendelfarbenes Kleid mit Pailletten am Kragen, die im Neonlicht der Eisbahn funkelten.

Ich kann einfach nicht glauben, dass sie ein derart teures Kleid zum Training anzieht, dachte ich mit einem Anflug von Ärger. Mein bestes Eislaufoutfit war bei weitem nicht so schick, und ich trug es nur zu Meisterschaften. Meine weißen Wollstrumpfhosen und mein langer brauner Pullover sahen neben dem perfekten Alice-Outfit wie Lumpen aus.

»Könnten Sie sich noch einmal meinen dreifachen Lutz ansehen, Vladimir?«, unterbrach sie uns. »Ich glaube, ich kann ihn allmählich.«

Ganz klar, sie war eifersüchtig, nachdem ich ihr an diesem Morgen erzählt hatte, dass ich jetzt mit Kai laufen würde. Es sah so aus, als hätte sie uns nur unterbrochen, um uns mit ihren Eislaufkünsten zu beeindrucken.

»In Ordnung, Alice. Zeig mir deinen Lutz«, sagte Vladimir ruhig. »Die zwei hier müssen Walzer lernen.«

»Walzer? Das hab ich gelernt, als ich sechs war«, sagte

Alice und warf mir einen herausfordernden Blick zu. »Ich könnte es ihnen zeigen, wenn Sie wollen.«

»Ich weiß, wie Walzer geht, Alice. Kai muss es lernen, weil er erst vor sechs Monaten mit Eiskunstlauf angefangen hat«, erklärte ich. »Er wird es ziemlich schnell lernen, wenn ich es ihm beibringe.«

Zwischen Alice und mir lief ein Hochspannungskabel. Es ging hier überhaupt nicht um den idiotischen Walzer. Es ging um Kai. Alice musste Kai anscheinend beweisen, dass sie die bessere Läuferin war. Dass sie die Sprünge schaffte, die ich nie meistern würde.

Ich warf ihr einen bösen Blick zu und drehte mich zu Kai um.

»Huhu, Alice, Liebling«, rief eine hohe Stimme vom Rand der Eisbahn. »Du hast deine Taschentücher zu Hause vergessen, und ich weiß doch, dass du Schnupfen hast.«

»Oh nein. Nicht meine Mutter«, hörte ich Alice murmeln.

Alices Mutter war fest entschlossen, ihre Tochter zu einem Eislaufstar zu machen. Ich wusste, dass Alice alle nur denkbaren Annehmlichkeiten hinterhergetragen bekam, und Alice war unter ziemlichem Druck zu gewinnen. Ms Attwood kam fast zu jedem Training, und ständig kritisierte sie die Leistung ihrer Tochter.

»Okay, Alice, du hast meine volle Aufmerksamkeit«, sagte Vladimir. »Und jetzt ist auch deine Mutter hier, um deinen dreifachen Lutz zu sehen.«

»Ja, Alice, Liebling, zeig mir, was du diese Woche gelernt hast«, rief ihre Mutter.

»Ich ... ich hab's mir anders überlegt«, sagte Alice da

und ließ den Kopf hängen. »Ich glaube, ich werde noch etwas an den Pflichtfiguren arbeiten.« Sie lief ans andere Ende der Eisfläche.

Kai zog eine Augenbraue hoch und lehnte sich zu mir herunter.

»Bist du nicht froh, dass du nicht so eine Mutter hast?«, flüsterte er.

»Alice hasst es, wenn ihre Mutter hierher kommt«, stimmte ich ihm zu.

»›Zeig mir, was du gelernt hast‹«, äffte er sie nach. »Hör mir bloß auf!«

Seine Augen lachten meine an, als ob wir einen geheimen Scherz teilten. Kai sah ganz anders aus, wenn er lächelte. Sein Gesicht mit den Grübchen hellte sich auf, und er hatte ganz süße Lachfältchen um die Augen.

Den Rest des Tages arbeiteten wir am Walzer. Es war komisch, aber am Ende des Trainings konnte ich es direkt genießen, mit jemandem zusammen zu üben. Ich hatte nie bemerkt, wie einsam Eislaufen machte – nur du und ein schreiender Trainer. Aber Paarlauf war ganz anders. Du und dein Partner gegen den Rest der Welt. Sicher, wir mussten immer noch mit einem ständig schreienden Trainer fertig werden, aber irgendwie war das einfacher, wenn man einen Partner neben sich hatte. Und irgendwie ... intimer war es auch.

Wo ist er? Seit Samstagnachmittag hatte ich nach Troy gesucht. Nachdem der Trainer uns nach Hause entlassen hatte, war ich direkt zum Sportplatz unserer Schule gefahren. Ich dachte, den letzten Touchdown noch mitkriegen zu können. Aber ich kam zu spät. Das Footballfeld sah wie eine Geisterstadt aus. Man hätte nicht gedacht, dass ein paar Stunden vorher hier noch ein Footballspiel stattgefunden hatte.

Danach fuhr ich nach Hause und rief bei Troy an. Aber niemand ging ran. Ich wollte keine Nachricht auf dem Anrufbeantworter hinterlassen. Troy hätte mich wahrscheinlich sowieso nicht zurückgerufen, nachdem ich ihn letzte Nacht so lange hatte warten lassen. Ich versuchte es den ganzen Sonntag lang, aber niemand nahm ab.

Jetzt war es Montagnachmittag, und ich hatte Troy den ganzen Tag lang nirgendwo gesehen. Es war, als wär er einfach verschwunden. Wahrscheinlich ging er mir absichtlich aus dem Weg.

Ich ging gerade mit gesenktem Kopf zu meinem Spind, als ich aufblickte und plötzlich Troy ein Stück vor mir im Korridor sah.

»Troy!«, rief ich durch den überfüllten Flur. Er sah gut aus in seinen abgetragenen Jeans und der Jacke mit dem Abzeichen der Footballmannschaft von Berkeley High. *Dies ist deine einzige Chance, dich bei ihm zu entschuldigen, Kirsten. Versieb sie bloß nicht.*

Troy sah auf. Er schien nicht allzu glücklich, mich zu sehen.

Ich atmete tief durch und ging auf ihn zu. »Ich habe den ganzen Tag nach dir gesucht«, sagte ich. Ich schaffte es nicht, ihm gerade in seine schokoladenbraunen Augen zu sehen.

»Echt?« Troy klang so, als sei ihm das völlig egal.

Er würde es mir nicht leicht machen. »Wegen Freitagabend. Es tut mir Leid, dass ich dich in der Leitung hab warten lassen.« Ich nahm meinen Rucksack auf den Rücken und betete, dass Troy mir antwortete.

»Tja, äh …«

»Aber ich hatte keine Wahl«, log ich. Ich merkte, dass dies der schlechteste Zeitpunkt war, um Troy die Wahrheit zu sagen. Zu sagen, dass ich mit einem anderen Jungen gesprochen hatte, während er in der Leitung hing. Ich konnte ihm nicht von Kai erzählen, noch nicht. »Es war ein wichtiger Anruf für meinen Vater – das hat dich aus der Leitung geschubst. Und dann war es zu spät, um dich noch anzurufen.«

Die Klingel zur nächsten Stunde läutete. »Egal.« Troy schnaufte. »Hör zu. Ich will nicht zu spät zu Bio kommen. Ich seh dich später.«

»Troy, bitte. Wir müssen das besprechen …« Aber er ging weiter den Korridor hinunter zu seiner nächsten Stunde. Ich hielt die Luft an. Was sollte ich jetzt machen?

Kapitel 7

Die restliche Woche lang ließ uns unser Trainer so hart arbeiten, dass ich weder die Zeit noch die Kraft hatte, mir wegen Troy großartig Gedanken zu machen. Bis zu den Regionalmeisterschaften der Pazifikküste waren es nur noch anderthalb Monate, und Kai und ich waren kaum über die Anfänge hinweggekommen. Es war egal, dass wir beide wussten, wie man Drehungen oder Sprünge oder Pirouetten macht. Jetzt mussten wir diese Dinge im Gleichtakt tun, ohne ständig zusammenzustoßen.

In den ersten Tagen ging alles ganz reibungslos – so reibungslos, wie irgendetwas gehen kann, bei dem Kai mitmacht –, bis wir dazu kamen, die Musik für unsere beiden Programme auszuwählen. Beim Paarlauf muss jedes Paar ein Kurzprogramm zeigen, mit vorgeschriebenen Hebungen, Pirouetten und Sprüngen, und eine lange Kür, für die es keine vorgeschriebenen Elemente gibt. Und beide Programme müssen die Musik haben, die genau zu der Stimmung passt, die wir auf dem Eis hervorzaubern wollten.

»Ich werde nicht zu solchem Zeugs laufen wie diesem da«, sagte Kai, als Vladimir ein wunderschönes Stück von Rachmaninow spielte. Ich mochte diese Musik. »Können wir nicht zu irgendwas laufen, was aus diesem Jahrhundert stammt?«

»Also, ich werde nicht zu *Rage against the Machine* laufen«, sagte ich.

Kai lachte. »Vielleicht können wir einen neuen Trend kreieren, so mit Straßengangabzeichen und Patronengurten als Kostüm …«

»Es muss gar nicht klassische Musik sein«, erklärte Vladimir. »Aber es muss ein breites Spektrum von Gefühlen ausdrücken. Wir könnten uns ein paar Kassetten von Musicals anhören und dann entscheiden, was uns davon am besten gefällt.«

Wir entschieden uns schließlich für ein Lied aus dem *Phantom der Oper* für die Kür, und dann fand Vlad ein bizarres Stück elektronischer Musik, das gut zu unserem Kurzprogramm passte. Er dachte, wir könnten die Geschichte von zwei Robotern erzählen, die durch die Liebe zum Leben erweckt werden.

Kai schäumte geradezu vor Wut bei diesem Vorschlag. »Durch die Liebe zum Leben erweckt! Das meinen Sie doch nicht ernst.«

Vlad lächelte wissend. »Du musst noch eine Menge lernen, junger Mann.«

Am Mittwoch zeigte uns unser Trainer die Anfangssequenz der Kür, die er für uns entworfen hatte. Wir setzten sie gleich in die Tat um. Es ging los mit einer Pose in der Mitte der Eisfläche, dann liefen wir mit voller Geschwindigkeit los, um Seite an Seite einen doppelten Flip zu springen. Beim Doppelflip springt man rückwärts mit der Schuhspitze ab und macht zwei Drehungen in der Luft. Dann kamen wir wieder zusammen für eine Walzersequenz, die uns wieder zur Mitte der Eisfläche brachte, wo wir eine gemeinsame Pirouette machen sollten. Dies waren die geforderten Elemente.

Als Pirouette hatte Vladimir eine eingesprungene Bückpirouette vorgesehen, die bei den Eisläufern »Fliegendes Kamel« heißt. Der Unterschied zur ganz normalen Bückpirouette ist der Anlauf – beim Fliegenden Kamel macht man einen Satz durch die Luft und landet auf dem Bein, auf dem man sich dann dreht. Man nutzt die ganze Wucht des Sprunges für die anschließende Pirouette, muss das andere Bein elegant hochheben und den Körper dabei genau auf dem Schwerpunkt halten. Dieses Element ist ziemlich kompliziert – und Kai kriegte es einfach nicht hin.

»Wir müssen das ändern, Vlad«, sagte ich, nachdem auch der vierte Versuch danebengegangen war. »Kai schafft das Fliegende Kamel nicht.«

»Schaff ich wohl«, sagte Kai, »aber du schwenkst dein Bein zu weit aus. Du bist mir immer im Weg, Kirsten.«

»Bin ich nicht. Ich mache eins der besten Fliegenden Kamele weit und breit.«

»Hey, ich kann's besser«, sagte er.

»Beweis das erst mal!«

»Pass auf.« Er zog seinen grauen Pullover hoch, um einen Höcker zu formen, und streckte dann die Arme aus. »Ein fliegendes Kamel, oder nicht?«

»Willst du wohl mal aufhören herumzualbern«, ermahnte ich ihn und rollte meinen Kopf, um die Muskeln zu lockern. Mein Nacken war schon ganz verspannt. »Wir müssen das jetzt endlich packen.«

»Nimm's locker, Kirsten«, sagte Kai. »Warum musst du alles immer so ernst nehmen?«

»Weil es wichtig ist. Wir haben nicht mal mehr zwei Monate bis zu den Meisterschaften. Ich möchte da nicht zur Lachnummer werden. Du meinetwegen; ich nicht.«

»Es gibt noch andere Meisterschaften, Kirsten. Die Welt wird nicht untergehen, wenn wir es zu dieser nicht schaffen.«

»Für mich schon.«

Er zuckte die Schultern und lief von mir weg aufs Eis.

»So kommst du mir nicht davon, Kai«, warnte ich ihn.

Kai lief weiter in Richtung Eismitte. Ich sah ihm zu, wie er das Fliegende Kamel alleine übte.

Kai trainierte danach härter denn je. Wir lernten mehr und mehr für unsere Kür, und dann wurde es Zeit für unsere erste Hebung. Die Stemmhebung.

Zuerst arbeiteten wir mit unserem Trainer im Kraftraum auf dicken Gummimatten, damit ich mir nicht wehtat, falls Kai mich fallen ließ.

Vladimir zeigte Kai, wo genau an meinen Beinen er seine Hände platzieren musste, wenn er mich hob. Kai begann, mich zu heben, stöhnte auf und setzte mich wieder ab.

»Ich wiege nur einundfünzig Kilo«, sagte ich voller Entrüstung.

»Fühlt sich an wie zwei Zentner«, sagte Kai. Er lehnte sich zurück und rieb sich den Rücken. »Du musst schon mithelfen, weißt du.«

»Ja, Kirsten, er hat Recht«, sagte Vladimir. »Du kannst nicht einfach nur dastehen wie eine Statue. Du musst in die Hebung hineinspringen. Der Schwung von deinem Sprung muss dich emportragen. Versucht's noch mal.«

Ich flog durch die Luft, bis ich irgendwo über Kais dunkelblondem Kopf hing. »Wow!«, schrie ich und griff in sein Haar, als ich merkte, dass ich wieder fiel.

»Hey, lass meine Haare los; du reißt sie mir ja bald aus«, schrie Kai.

»Ich stürze ab, wenn ich loslasse!«

»Du stürzt nicht ab. Ich halte dich. Vertrau mir.«

Ich ließ los, Kais Arme knickten ein, und ich plumpste auf die Matte.

»Das war das letzte Mal, dass ich dir glaube, wenn du sagst ›Lass los‹«, beschwerte ich mich.

»Ich hätte mir denken können, dass bei dir der Kopf das schwerste an deinem Körper ist«, neckte er und fing an zu lachen. »Dir ist eben alles zu Kopf gestiegen.«

»Haha. Sehr witzig. Vielleicht solltest du erst einmal mit Gewichten üben, bevor wir so was noch einmal probieren, damit du ein paar Muskeln kriegst an deinen dünnen Ärmchen.«

»Vielleicht solltest du weniger zum Frühstück futtern, damit du nicht mehr so viel wiegst.«

»Spart euch eure Kraft für etwas anderes auf«, unterbrach Vladimir und klatschte in die Hände. »Also, gleich noch einmal.«

Nach einer Stunde Training im Kraftraum hatte mich Kai wenigstens hundert Mal gehoben und ebenso oft wieder fallen gelassen. Meine Hüften waren voller blauer Flecke und taten weh, und Kai rieb sich seine müden Armmuskeln.

»Siehst du, Kai«, sagte Vladimir fröhlich, »Ich hab dir ja gesagt, dass Paarlaufen so gut wie Bodybuilding ist.«

»Ich glaube, ich gehe doch lieber in den Gewichtraum«,

sagte Kai und grinste mich an. »Die Hanteln meckern wenigstens nicht, wenn man sie fallen lässt.«

»Lass mich fallen und du bist tot«, flüsterte ich Kai zu, als wir am Donnerstagmorgen zusammen aufs Eis fuhren.

Kai kicherte. Er hielt mich offensichtlich nur für komisch. Konnte er denn gar nichts ernst nehmen?

Dieses Mal war es noch gruseliger, weil Kai mich heute zum ersten Mal auf dem Eis heben sollte. Ich stieß mich mit meinem Schwungbein ab und bereitete mich auf die Figur vor. Ich half Kai, indem ich kräftig vom Eis abhob. Seine starken Hände hoben mich, als ob ich gar nichts wiegen würde. Plötzlich flog ich hoch über dem Eis. Ängstlich versuchte ich, nicht nach unten zu sehen. Aber ich konnte nichts machen. Das Eis schien so weit weg zu sein, und es sah sehr, sehr hart aus. Es hatte schon wehgetan, auf die weiche Matte zu fallen – ich wollte gar nicht wissen, wie es sich anfühlte, wenn man auf das Eis krachte.

Gerade als ich das dachte, verlor Kai die Balance, und ich fühlte, wie ich ihm aus den Händen glitt.

Ich schrie und griff nach Kai, als ich fiel. Ich schlang meine Arme um seinen Hals. Seine Hände hielten mich, und unsere Gesichter waren nur Zentimeter voneinander entfernt.

»Hab ich's mir doch gedacht. Du kannst mir nicht widerstehen. Du bist genau wie alle anderen Mädchen«, sagte Kai und grinste mich an, ohne mich dabei loszulassen.

»Vielleicht im Traum«, gab ich abwehrend zurück. Plötzlich wurde ich mir seiner starken Arme um mich herum sehr bewusst und wie sein Herz gegen meins schlug. Ich war nicht vorbereitet gewesen auf das, was ich jetzt fühlte. »Bitte lass mich herunter«, sagte ich mit meiner eisigsten Stimme.

»Nur zu gern. Weißt du, die meisten Mädchen würden einiges dafür geben, von mir im Arm gehalten zu werden.«

»Anscheinend bin ich dann das einzige Mädchen mit gutem Geschmack. Und für den Fall, dass dir irgendwelche verrückten Ideen kommen, solltest du vielleicht wissen, dass ich einen Freund habe, und der ist Quarterback an der Berkeley High School.«

»Tja, wenn das nichts ist«, gab Kai zurück und grinste wieder. »Aber keine Sorge. Ich kriege keine Ideen. Dich hochzustemmen ist wie Gewichtheben im Kraftraum – nur schwerer und nicht so lustig.«

Was rege ich mich eigentlich auf?, dachte ich. *Kai ist nun einmal der eingebildetste, ekelhafteste Kerl, den ich je getroffen habe.*

Andererseits wollte ich auch nicht einfach aufhören, denn Kai hatte schon das gewisse Etwas. Sein Laufstil war immer noch wild und unkontrolliert, aber die Leute blieben stehen, um ihm zuzusehen ... um *uns* zuzusehen. Und es waren nicht nur die Mädchen, die ihn beobachteten. Wenn wir uns wirklich ins Zeug legten – ich korrigiere: Wenn Kai sich wirklich ins Zeug legte –, würden wir den Preisrichtern schon ganz schön etwas zum Benoten geben. Es war die Sache wert, Kais Launen auszuhalten und abzuwarten, ob wir wirklich lernen konnten, als Paar zu laufen.

Zusätzlich zu unserer Arbeit auf dem Eis und im Kraftraum bestand Vladimir darauf, dass wir mehr Zeit mit unserem Balletttrainer verbrachten. Die meisten Hebefiguren im Eiskunstlauf kommen ursprünglich vom Ballett, und ich musste lernen, anmutig gehoben und wieder abgesetzt zu werden. Dies war sicher gut für unser Eislaufen, aber das Training wurde dadurch noch länger.

»Das ist doch verrückt«, sagte Troy am Freitagnachmittag. Wir standen auf dem Korridor vor dem Klassenraum, wo ich gerade Geschichte gehabt hatte. Ich hatte Troy nicht mehr gesehen seit unserer unangenehmen Unterhaltung am Montag. »Es kommt mir vor, als hätte ich dich seit Wochen nicht mehr gesehen.« Troy beugte sich herab und drückte einen Kuss auf meine Nase. Wo war die Leidenschaft, mit der wir uns früher umarmt und geküsst hatten? Vielleicht hatten wir uns schon zu sehr aneinander gewöhnt.

»Wir haben uns am Montag an meinem Spind getroffen, erinnerst du dich?« Ich versuchte, die Sache von der lustigen Seite zu sehen.

»Ich weiß, was du meinst. Und es tut mir Leid, dass ich mich so aufgeregt habe wegen dieser Telefonsache.« Troy ergriff meine Hand.

Ich hatte Recht gehabt. Kais Hände waren größer, weicher und wärmer als Troys. Troys Hände hatten eine Hornhaut vom Footballspielen. Troy war eben ein Bär, und er fasste mich an, als ob ich einer seiner Mitspieler wär. Er war nicht annähernd so sanft wie Kai ... Ich stoppte mich selber, als ich merkte, dass ich hier meinen Freund mit meinem Eislaufpartner verglich.

»Ich glaube, ich bin in der letzten Zeit einfach etwas im

Stress gewesen«, fuhr Troy fort. »Die Play-offs stehen vor der Tür, und dann sehe ich dich kaum, und das macht mich verrückt.« Er hielt inne, kam noch näher an mich heran und fuhr dann fort. »Aber wenigstens brauche ich mir keine Sorgen zu machen, dass du dich mit anderen Jungen triffst, während ich mir auf dem Feld die Lunge aus dem Halse renne.« Er lachte.

Ich versuchte auch zu lachen, aber mein Herz machte Flickflacks. Ich hatte Troy immer noch nicht von Kai erzählt. Und je länger ich wartete, desto schwieriger wurde es. Ich wusste, dass das falsch war, aber ich wollte einfach keine Szene riskieren. Ich war es so müde, immer mit Kai zu streiten, dass ich die Sache mit Troy einfach ganz easy halten wollte. Und es war viel einfacher, wenn Troy nicht herausfand, dass ich mit dem bestaussehenden Eiskunstläufer, den ich je gesehen hatte, zusammen trainierte. Ich würde ihm die Wahrheit schon noch sagen, aber nicht jetzt.

Plötzlich läutete die Schulklingel. »Bitte sag, dass du heute Abend zum Play-off-Spiel kommst.«

»Ich werd's versuchen.«

»Es fängt erst um halb acht an.« Er lief bereits den Korridor hinunter.

»Ich werde da sein«, versprach ich.

Später an diesem Nachmittag begannen Kai und ich mit den einfachen Pirouetten und Hebungen, um dann allmählich zu den schwierigeren Figuren überzugehen.

»Okay. Lasst uns nun den Wurfsprung versuchen, den ihr geübt habt«, sagte Vladimir.

»Ich weiß nicht so recht«, murmelte ich Kai zu. Wir hatten es im Kraftraum hingekriegt, wo es eine weiche Matte gab. Aber ich war mir nicht so sicher, wie es war, durch die Luft geworfen zu werden und auf einer dünnen Kufe auf dem kalten, harten Eis landen zu müssen.

»Keine Sorge«, sagte Kai. Für einen Moment dachte ich, er wollte mir etwas Nettes sagen, aber dann fuhr er fort: »Ich werde versuchen, meine unbändige Kraft zu zügeln. Ich hab gar nicht vor, dich so hoch zu werfen, dass du in den Kronleuchtern hängen bleibst.«

»Du bist ja sooo witzig«, sagte ich, und blickte grimmig in sein Gesicht.

»He, reg dich ab, Kirsten«, flüsterte er. »Es wird schon gut werden.«

Wir fingen an zu laufen und bewegten uns mit exakt derselben Geschwindigkeit über die riesige Eisfläche. Alles verschwamm, als Kai mich in eine einfache Hebung nahm und sich drehte, mit mir über seinem Kopf. Dann ließ er mich sanft herunter, bis ich genau vor ihm stand.

»Jetzt!«, rief Vladimir mit einem lauten Klatschen.

Kai warf mich, und plötzlich flog ich durch die Luft. Es war ein so gewaltiger Wurf, dass ich für einen Moment das Gefühl hatte, ich schwebte irgendwo zwischen Himmel und Erde. Das Nächste, was ich wusste, war, dass ich hart aufs Eis fiel. Ich konnte die Schürfwunden an meinen Beinen im Geiste schon vor mir sehen.

Kai platzte vor Lachen. »Nette Landung«, rief er.

Ich rappelte mich auf. Wenn Blicke töten könnten ... »Das reicht! Ich hab genug!«, schrie ich und lief an die Bande.

»Komm zurück«, rief Kai. »Es tut mir Leid. Ich wollte nicht lachen.«

»Wolltest du wohl!«

»Wollte ich nicht. Ich schwöre.« Kai sauste zu mir heran. »Aber du hast so komisch ausgesehen, wie du so graziös durch die Luft geflogen bist, und dann – plumps!«

Ich starrte ihn an. Dann drehte ich mich zu unserem Trainer um. »Ich werde nicht mehr mit ihm arbeiten, Vlad. Ich brech mir fast das Steißbein, und er findet das komisch. Sie haben gesagt, dies ist erst die Testphase. Nun, ich hab's getestet, und es klappt nicht. Entweder suchen Sie mir einen anderen Partner, oder ich laufe wieder solo.«

Kapitel 8

»Benimm dich doch nicht wie ein Baby, Kirsten.« Vladimir kam mit offenen Armen zu mir herüber. »Ihr seid beide müde. Es ist Wochenende und ihr habt sehr hart gearbeitet. Kai hat es nicht böse gemeint.«

»Bestimmt nicht«, sagte ich. »Ich wette, für ihn war das der Höhepunkt der Woche. Zu schade, dass ich nicht auf dem Kopf gelandet bin – das hätte ihn womöglich noch glücklicher gemacht.«

»Der hätte eher das Eis durchschlagen«, spottete Kai und fuhr kleine Kreise um mich herum. »Du bist echt der größte Dickschädel, den ich kenne.«

»Ha ha.«

»Genug jetzt«, sagte Vladimir so wütend, dass wir beide sofort still waren. »Warum nutzt ihr nicht diese ganze Energie und Emotion für das Eislaufen? Ich sag euch was. Wir haben die Bewegungen hundertmal geprobt. Jetzt wollen wir sie einmal mit Musik probieren. Ihr lauft mir jetzt den ersten Teil eurer neuen Kür vor.«

»Aber wir wissen noch nicht genau, wie es geht«, unterbrach Kai.

Vladimir hob die Hand. »Ihr werdet euer Bestes geben. Ich glaube, wenn ihr zur Musik lauft, werdet ihr die Dinge ganz anders sehen. Es wird euch nicht mehr wie harte Arbeit vorkommen. Nehmt eure Position für den Anfang ein, bitte.« Er trottete in seinen alten Trainingsschuhen über das Eis und legte die Kassette ein.

Kai und ich nahmen unsere Pose in der Mitte der Eisfläche ein. Mein Rücken tat immer noch weh von dem Sturz, und ich war so wütend auf Kai, dass ich gar nicht klar denken konnte. Ich wusste wirklich nicht, wie unser Trainer erwarten konnte, dass ich mich auf die Kür konzentrieren konnte.

Als die ersten Orgelklänge aus dem *Phantom* über das Eis hallten, begannen wir, Seite an Seite und immer schneller zu laufen. Der Takt der Musik wurde schneller, bis der Bass wummernd über uns hinwegdröhnte. Und dann passierte etwas ganz Komisches: Ich hatte plötzlich das Gefühl, als liefe ich gar nicht mehr auf dem Eis und als wäre ich nicht mehr ich.

Die Musik hatte aus mir und Kai ein Wesen mit vier Armen und vier Beinen gemacht. Ich konnte nicht einmal sagen, ob das mein Arm war, der Kai berührte, oder sein Arm, der mich hochhob. Ich musste gar nicht hinschauen, um mit ihm synchron zu bleiben. Es war, als könnte ich in seinen Kopf sehen und wüsste, was er dachte.

Ich schwebte ganz leicht in die Stemmhebung und sank dann wieder sanft auf das Eis zurück. Ich fühlte Kais Herz gegen meins schlagen; es schlug zum Takt der Musik, als er mich festhielt und die kraftvollen Akkorde über uns hinwegtönten. Und ich vergaß völlig, dass dies der ekelhafteste Kerl der Welt war, dass wir uns absolut nicht ausstehen konnten.

Es war wundervoll und unheimlich zur gleichen Zeit.

In dem Moment, als die Musik aufhörte, sah ich Kai an, und ich konnte sehen, dass er dasselbe gefühlt hatte.

»Wow!«, sagte er. »Das war ja gruselig gut.«

Vladimir rannte auf uns zu und klatschte in die Hände vor Freude wie ein kleines Kind. »Ich wusste es!«, schrie er. »Ich wusste, ich hatte Recht. Ich sehe es einfach, wenn zwei Läufer zueinander passen, wenn die Chemie zwischen ihnen stimmt.«

»Chemie?« Die einzige Chemie, die es zwischen uns gab, waren die ätzenden Bemerkungen. Also wie hatte Vladimir vorhersehen können, dass wir so gut zusammen laufen würden?

Ich fühlte, dass Kai mich ansah, und ich hob langsam meinen Kopf, bis unsere Blicke sich trafen.

»Siehst du«, flüsterte er, und sein heißer Atem kitzelte mein Ohr. Seine Augen blickten spöttisch in meine. »Ich kann das Fliegende Kamel, wenn ich muss.«

»Na klar, kannst du«, stimmte ich ihm zu und versuchte, wieder Atem zu schöpfen.

»Wir waren ziemlich gut da draußen, oder nicht?«

Ich nickte.

»Vielleicht ist Eiskunstlauf ja doch nicht nur für Mädchen.« Er drehte sich zu Vladimir um. »Können wir das gleich noch mal versuchen, Vlad? Mit der Musik, meine ich?«

Vladimir sah auf die Uhr. »Es ist schon nach sechs. Ich habe eine Verabredung mit Freunden, aber wenn ihr wirklich wollt ...«

»Nach sechs?«, platzte ich heraus. »Es tut mir Leid, aber das geht nicht, ich muss weg.«

»Du kannst ja wohl noch fünf Minuten hier bleiben und es noch mal versuchen?«, bettelte Kai. »Ich möchte nur sicher sein, dass ich alles richtig im Kopf habe.«

»Ich kann nicht«, sagte ich. »Meine Schulmannschaft spielt in den Play-offs. Ich muss vor Anpfiff des Spiels da sein, und der Verkehr am Freitagabend ist mörderisch.«

»Bist du Cheerleader oder so was?«, fragte Kai.

»Nein. Ich hab dir doch erzählt, dass mein Freund Quarterback ist. Ich hab ihm versprochen, dass ich zum Spiel komme.«

»Er wird es gar nicht merken, wenn du fünf Minuten später kommst.«

»Wird er wohl. Und ich hab es versprochen. Ich werde da sein, seinetwegen.«

Ich sah Kais fragendes Grinsen und funkelte ihn an. »Es ist ein Play-off. Ich *muss* da sein.«

»Ich hab noch nie bemerkt, dass er dir beim Eislaufen zusieht.«

»Er würde hier sein, wenn es wichtig wäre. Wenn ich ihn bitte, dass er kommt.« Ich lief zur Bande. »Und im Moment ist es wichtig, dass ich für *ihn* da bin. Ich muss mich beeilen. Tschüss, ihr. Wir arbeiten morgen an der Kür weiter, okay?«

»Okay«, sagte Kai tonlos.

Ich schnappte mir meine Sachen und rannte zum Umkleideraum auf der anderen Seite der Eisfläche.

Ich fuhr wie verrückt durch den Feierabendverkehr und hätte es beinahe nicht mehr rechtzeitig zum Spiel geschafft. Glücklicherweise war Troy erst beim Aufwärmen auf dem Feld. Er sah nicht einmal in meine Richtung.

Ich registrierte den Gedanken, dass ich doch noch hätte bleiben und noch einmal die Kür probieren können. Und in dem Moment, in dem ich begann, an die Eisbahn zu denken, flutete auch die Erinnerung zurück an das, was mit Kai und mir passiert war. Ich konnte Kais kraftvolle Arme wieder um mich spüren; ich fühlte wieder, wie die Musik durch uns beide pulste. Es war wie ein Zauber, wie etwas, das ich noch nie vorher gefühlt hatte. Nicht einmal, wenn ich Troy küsste.

»Wir haben gewonnen!«, schrie ich, und sprang auf die Beine. Um mich herum waren die Zuschauer verrückt geworden; jeder wollte zuerst aufs Feld rennen. Ich sah zu, wie Troy von einer Welle von Fans in den Umkleideraum getragen wurde. Es gab keine Möglichkeit, jetzt zu ihm zu kommen, also kämpfte ich mir einen Weg durch die Menge und wartete geduldig vor der Tür zum Umkleideraum.

»Wird deine Mutter nicht Zustände kriegen, wenn das gesamte Footballteam bei euch zu Hause einfällt?«, hörte ich ein Mädchen sagen.

Eine andere kicherte. Ich wusste sofort, wer sie war: Tanya Schmidt. Jeder kannte Tanya. Sie war die blondeste, beliebteste Cheerleaderin der ganzen Berkeley High School.

»Meine Eltern sind übers Wochenende nach Las Vegas gefahren. Ich bin schließlich nicht ganz blöd«, sagte Tanya zu ihrer Freundin.

»Dann können ja alle bei dir übernachten«, antwortete diese. »Hey, hast du gesehen, wer heute Abend zum Spiel aufgetaucht ist? Kirsten Hayes.«

Plötzlich war ich sehr an dieser Unterhaltung interessiert. Ich strengte mich an, sie durch den Lärm der Menge zu verstehen.

»Tja. Pech für mich«, sagte Tanya. »Ich weiß wirklich nicht, was Troy an ihr findet. Nie hat sie Zeit für ihn. In der Woche können sie nie ausgehen, weil sie ganz früh im Bett sein muss. Die Ärmste braucht jede Menge Schönheitsschlaf.«

»Er wird ziemlich bald genug von ihr haben«, sagte Tanyas Freundin. »Er geht nie länger als ein paar Monate mit einem Mädchen.«

»Genau darauf baue ich«, sagte Tanya selbstgefällig. »Ich habe das Gefühl, dass ich ziemlich bald an der Reihe bin.«

Der Lärm der Menge wurde noch lauter, aber ich hatte genug gehört. »Versuch's doch«, murmelte ich vor mich hin. Ich war wütend. Meine Wangen brannten und mein Herz schlug wild.

Es war wie eine Ewigkeit, bevor Troy und seine Kumpels aus dem Umkleideraum kamen.

»Wer geht freiwillig und kauft Pizza und Bier?«, brüllte einer der Jungen, als sie Richtung Parkplatz gingen.

Ich sah, wie Troy ihn anrempelte. »Bist du verrückt? Brüll nicht so rum. Die Lehrer könnten uns hören.« Er senkte seine Stimme. »Danny macht das. Er hat den Personalausweis von seinem Bruder dabei.«

»Dann sehen wir uns also alle bei Tanya«, sagte der erste Junge.

Ich atmete tief durch und trat aus dem Schatten. »Hi.«

Troy sah erstaunt aus, mich hier zu sehen. Hatte er jemand anders erwartet? Vielleicht eine gewisse blonde, beliebte Cheerleaderin?

Er nahm sich zusammen und lächelte mich an. »Oh, hi, Kirsten! Ein geiles Spiel, was?«

»Super. Du warst toll.«

»Ja, ich war nicht schlecht. Ich hab dich leider gar nicht gesehen. Es war so dunkel.« Troy wirkte verlegen. Er sah überall hin, nur nicht auf mich.

Du hast ja überhaupt nicht nach mir gesucht, hätte ich beinahe gesagt, aber ich tat es dann doch nicht. Ich hatte keinen Grund, Streit anzufangen. Jedenfalls noch nicht.

»Ich nehme an, du gehst jetzt auch zu der Fete bei Tanya, richtig?«, fragte ich unschuldig.

»Genau. Zu Tanya. Richtig.« War das wirklich nur meine Einbildung, oder fühlte er sich plötzlich sehr unwohl in seiner Haut?

»Ich weiß nicht, ob ich allzu lange bleiben kann«, erklärte ich. »Ich habe morgen Training.«

»Ich dachte, du hättest samstags frei bis nachmittags.«

»Das war bei der alten Bahn. Bei der neuen laufe ich früh. Um zwei ist die Bahn für die Allgemeinheit offen.«

»Also kannst du wenigstens für kurze Zeit mit zur Fete kommen, oder?«

Einerseits wollte ich schon dabei sein, um sicherzugehen, dass Tanya sich von Troy fern hielt, zum anderen aber war ich so wütend, weil er mich ignoriert hatte, und das nachdem er so ein Aufhebens gemacht hatte und unbedingt wollte, dass ich zu seinem Spiel komme. Wenn ich sagte, dass ich nach Hause musste – vielleicht würde Troy dann merken, wie wütend ich war. Aber dann würde er sich vielleicht dafür entscheiden, mit Tanya allein zu sein. Was war, wenn er mich nicht mehr haben wollte?

»Eine bisschen kann ich«, sagte ich. »Vielleicht sollte ich mein Auto nehmen, für den Fall, dass ich früher gehen möchte.«

Ich hatte gehofft, er würde sagen, dass er mich nach Hause fahren würde, egal, wann ich wegwollte, aber das tat er nicht. »Ja, keine schlechte Idee.«

Als ich schließlich vor Tanyas Haus ankam, donnerte schon die Musik aus der Haustür. Das war ganz bestimmt nicht meine Art von Feten, aber ich würde Tanya keine Chance geben, mit Troy allein zu sein, jedenfalls nicht kampflos.

Ich sah in den Rückspiegel und kämmte mir kurz mein Haar. Ich wünschte, ich hätte vor dem Spiel mehr Zeit für mein Outfit gehabt. Ich war ganz bestimmt nicht für eine Fete angezogen.

Troy und seine Kumpels kamen zur gleichen Zeit an wie ich, und sofort ging eine wilde Pizza-Fressorgie los. Ich war gerade dabei, mich ins Getümmel zu stürzen, als ich an Kai dachte. Ich konnte es mir nicht leisten zuzunehmen, sonst würde er mich wieder mit seinen Gewichtheberwitzen nerven. Ich grinste bei dem Gedanken an seine Grübchen, wenn er lachte. Er war schon manchmal komisch. Nervtötend, aber ganz bestimmt komisch.

Ich stand nur so da und sah mir die Leute an, als Joanne zu mir herüberkam. Ich kannte sie von der Schule. »Was macht das Eislaufen, Kirsten?«, fragte sie.

»Ziemlich gut, danke der Nachfrage.« Ich musste brüllen, um gegen den Lärm anzukommen.

»Hast du immer noch Probleme mit diesem Kerl, oder hast du ihn inzwischen gezähmt?«, fragte sie spöttisch.

Vor ein paar Tagen hatte ich mit Joanne in der Mensa gegessen und die gesamte Mittagspause damit verbracht, mich über Kai zu beschweren.

Troy drehte sich um, ein Stück Pizza in der Hand. »Welcher Kerl? Der russische Trainer? Hast du Probleme mit ihm?«

»Nicht der Trainer, Dummerchen«, erklärte Joanne, bevor ich antworten konnte. »Ihr neuer Partner. Der Eishockeyspieler.«

»Ach, der.« Troy tat so, als wüsste er, um wen es sich drehte. Er sah mich starr an. Dann ging Joanne weg, und Troy stürmte auf mich los. »Ein neuer Partner? Du läufst jetzt mit einem neuen Partner?«

»Nun, äh ... ja.«

»Warum hast du mir das nicht erzählt?« Troy legte die Pizza auf einen leeren Stuhl. Dann kam er noch näher an mich heran. So nah, dass ich kaum atmen konnte.

»Das hat sich so ergeben, Troy«, sagte ich verlegen. *Jetzt geht's los*, dachte ich. »Es ist eine Testphase ... um zu sehen, ob Paarlauf das Richtige für mich ist. Ich wollte dich nicht aufregen. Ich wollte warten, bis ich mir sicher bin.«

»Und jeder weiß das, nur ich nicht?« Er kam noch näher.

»Wir haben nicht gerade viel Zeit für uns allein gehabt, oder?« Ich ging einen Schritt zurück.

»Du hättest es mir am Telefon sagen können. Erzähl mir nicht, du hättest es vergessen.«

»Es ist keine große Sache, Troy. Der Trainer hat gewollt, dass ich mit diesem Loser laufe, der bei ihm trainiert. Kai ist nicht gerade ein pflegeleichter Typ. Seine Arroganz ist größer als ganz Texas und er geht einem furchtbar auf die Nerven.«

»Warum läufst du dann mit ihm zusammen?«

Ich fühlte mich gefangen. Es wurden irgendwie mehr und mehr Leute hier im Zimmer, es wurde wärmer und wärmer, und der Krach war unerträglich.

»Weil ...« Ich sprach nicht weiter. Die Erinnerung an den Nachmittag kam wieder zurückgeflutet. *Weil etwas Wundervolles passiert, wenn wir zusammen laufen.*

Kapitel 9

Kai und ich nahmen unsere Positionen an den entgegengesetzten Enden der Eisfläche ein. Es war früh am Samstagmorgen, und wir wollten unser Kürprogramm mit der Musik durchgehen.

Als die Musik erklang, wartete ich die ersten vier Takte ab. Dann lief ich mit kräftigen Schritten über das Eis auf Kai zu und bereitete mich auf die Kreuzhebung vor. Kais linke Hand schloss sich fest um meine, seine rechte lag auf meiner Taille. Mit einem kraftvollen Sprung sauste ich in seine Arme und war dann plötzlich hoch über seinem Kopf.

»Ab geht's …«, sagte Kai. »Wollen doch einmal sehen, ob sich die ganzen Stunden im Kraftraum auch ausgezahlt haben.«

Ich hielt den Atem an, als er meine linke Hand losließ und nur noch meine Taille hielt. Als er mich so mit einer Hand hielt, schwebend über dem Eis, da fühlte ich mich, als ob ich fliegen könnte. Total irre!

Ohne Anstrengung setzte mich Kai wieder auf dem Eis ab, dann gingen wir in eine Kombination von Tanzschritten über. Es war so natürlich … so vollkommen. Und ich konnte nicht anders, mein Gesicht überstrahlte ein riesiges Lächeln.

Jetzt kam die Stemmhebung. Kai und ich hatten diese

Hebung hundertmal geprobt, und so ging ich sehr zuversichtlich in die Vorbereitung. Außerdem waren wir perfekt aufeinander eingespielt ... wir liefen wie ein einziges Wesen. Aber gerade als Kai mich zur Landung absetzte, dachte ich, ich hätte an der Bande einen bekannten dunkelhaarigen Kopf mit einer bekannten Footballjacke gesehen. Troy.

Ich verlor alle Konzentration und krachte hart auf mein Hinterteil.

»Aua!«, jammerte ich. Dann stand ich schnell auf und lief wieder auf Kai zu. Ich tat so, als hätte ich Troy gar nicht gesehen. Aber ich konnte kein Bein richtig an die Erde bringen, weil ich fühlte, dass Kai mich beobachtete.

»Hey, wer ist denn der dunkelhaarige Typ, der da an der Bande lehnt? Kennst du ihn?«, flüsterte Kai mir zu, als wir mit unserer Kür weitermachten. »Er scheint dich zu kennen. Er starrt die ganze Zeit zu dir rüber.«

Ich sah zur Bande hinüber, und tat so, als hätte ich ihn eben erst bemerkt. »Oh mein Gott«, sagte ich. »Das ist Troy.«

»Dein Freund?«

Kai und ich liefen weiter. Und plötzlich merkte ich sehr deutlich Kais Hände an meiner Taille, seinen Körper ganz nah an meinem. Jede Bewegung schien jetzt zweideutig. Ich versuchte, Troy zu ignorieren, und lief einfach weiter, aber ich fühlte, dass ich mich verkrampfte, dass ich Kai von mir wegschieben wollte. Es war fast unmöglich, nicht zu Troy rüberzugucken.

»Was macht er hier bloß?«, murmelte ich.

»Hast du vielleicht auf ihn eingeredet, dass er kommen und dich anfeuern soll?«

»Nein, hab ich nicht. Im Gegenteil. Ich habe ihm gesagt, dass er nicht kommen soll, bevor wir die Kür richtig gut draufhaben.«

Kai grinste. »Vielleicht traut er dir ja nicht wegen mir.«

»Genau das wird's sein«, sagte ich, und nahm Tempo auf mit zwei Kreuzschritten rückwärts. »Er war ziemlich sauer gestern, als ich ihm von dir erzählt habe.«

»Er hat es erst gestern Abend rausgekriegt? Warum hast du es ihm nicht vorher gesagt?«

»Das war mein großer Fehler, was? Ich weiß nicht, warum ich es ihm nicht sofort erzählt habe.«

»Vielleicht weil ich so toll bin, und du dachtest, er würde verrückt vor Eifersucht?«, sagte Kai grinsend und nahm meine eisige rechte Hand in seine warme linke. Ich hatte mich immer noch nicht daran gewöhnt, ohne Handschuhe zu laufen.

»Ich hab ihm gesagt, dass er sich gar keinen Kopf zu machen braucht.«

»Er sieht nicht gerade glücklich aus.« Kai wirbelte mich herum.

»Ich wünschte, ich hätte ihm gesagt, du wärst einer von diesen verweichlichten Eisläufern.«

Kais Grinsen wurde noch breiter. »Das ist das erste Kompliment aus deinem Mund«, sagte er sarkastisch. »Nicht schlecht.«

»Lass es dir nicht zu Kopf steigen. Ich hab ihm auch erzählt, dass du eine Riesennervensäge bist.«

Jetzt lachte er vollends. »Riesennervensäge. Yeah. Gute Beschreibung.« Er legte sanft den Arm um meine Taille. »Lass uns die Pirouettensequenz machen, wo ich dich ganz eng an mich ranziehe und mit meinen Hände über deinen Rücken fahre. Das wird ihn wirklich eifersüchtig machen.«

»Untersteh dich«, drohte ich ihm.

»Er hat es verdient«, sagte Kai. »Was ist denn das für ein Kerl, der seiner Freundin hinterherspioniert, nur weil sie jetzt mit einem Partner läuft?«

»Ich glaube, ich kann das nachvollziehen«, sagte ich, während wir unsere Walzerschritte machten.

»Spionierst du ihm immer hinterher, wenn er zu Auswärtsspielen fährt? Sie fahren schließlich im selben Bus wie die Cheerleader, oder?«

»Nein, tu ich nicht«, sagte ich. *Aber vielleicht sollte ich*, schoss es mir durch den Kopf. Kai regte mich auf. Ich hatte vorher noch nie über diese Auswärtsspiele nachgedacht, aber der gestrige Abend hatte mir die Augen geöffnet. Ich hatte nicht gewusst, dass die Cheerleader so viel Zeit zusammen mit der Mannschaft verbringen. Dass Tanya Schmidt so viel Zeit mit Troy verbrachte. Ich hatte immer angenommen, sie wären in etwa so wie die Blaskapelle, die das Team anfeuert ... die Kapelle übte im stillen Kämmerlein und kam nur zu den Spielen raus. Ich hatte den Eindruck, dass ich wegen des ewigen Eislaufens eine Menge wichtiger Dinge nicht mitbekommen hatte.

Ich konnte Troys Augen in meinem Rücken fühlen.

»Ich kann nicht weiterlaufen, wenn er mich so anstarrt«, sagte ich, und hielt abrupt an. »Können wir eine Pause machen?«

»Kirsten? Was ist denn los?«, rief der Trainer. »Ich dachte, die Kür läuft so gut, und nun brichst du einfach in der Mitte ab.«

»Ich brauche nur eine Minute, Vlad. Da ist jemand, den ich gern begrüßen möchte.«

Ich setzte mein strahlendstes Lächeln auf, als ich zu Troy hinüberlief. »Hi! Was für eine Überraschung! Was machst du denn hier?«, fragte ich so fröhlich, wie ich konnte. Wenn ich so tat, als wär alles in Ordnung, würde Troy vielleicht nach einem Küsschen und Hallo-Sagen wieder gehen.

»Oh, ich wollte mir nur ein neues Ersatzteillager in South City ansehen, und dann dachte ich, ich komme einfach mal auf einen Sprung vorbei, um zu sehen, was du für Fortschritte machst.«

Ja, genau, dachte ich. *Alles reiner Zufall!*

»Tja ... bist du gut nach Hause gekommen nach der Fete?«, fragte er. Er strich sich mit der Hand durchs Haar. Es war ein wenig nass, wahrscheinlich vom Duschen. Ich musste schon sagen, er sah wirklich gut aus in seiner Footballjacke von Berkeley High.

»Ja, ziemlich gut. Und du?«, gab ich zurück. Meine Augen blickten herausfordernd.

»Ja, sicher. Die Fete ging nicht mehr lange, nachdem du weg warst. Die Nachbarn haben angerufen und sich über den Krach beschwert, sodass die Polizei kam.«

»Wie schade«, sagte ich.

Ich erwartete, dass Troy noch mehr sagen würde. Aber er sah sich nur um, bis sich seine Augen auf Kai einschossen, der in der Mitte der Eisfläche mit Vladimir sprach.

»Ihr ... äh, ihr seht ziemlich klasse aus auf dem Eis«, sagte er schließlich. »Sehr athletisch.«

»Ja, Paarlauf ist sehr athletisch«, erklärte ich. »Du solltest sehen, was wir alles im Kraftraum veranstaltet haben, um die Hebungen richtig hinzukriegen.« Ich versuchte ein sorgloses Lachen. »Kai sagt, mich zu heben ist schlimmer als Gewichtheben im Kraftraum. Er ist so gemein zu mir.«

Warum läuft die Unterhaltung so krampfig?, fragte ich mich. Das hier war Troy – mein Freund. Ich hatte noch nie vorher Probleme gehabt, mich mit ihm zu unterhalten, aber jetzt war alles anders. Irgendwas war hier los. War es wegen Tanya?

In diesem Moment kam Kai an die Bande gefahren und hielt mit einem imposanten Eishockeystopp. »Hey, Kirsten, hör jetzt nicht auf. Wir waren gerade so gut in Fahrt. Wir wollen das doch ausnutzen, oder nicht?«

Ich sah ihn grimmig an, meine Augen warnten ihn: Er sollte sich benehmen oder abhauen. »Ich komme gleich«, sagte ich zu ihm. »Ich sage nur meinem Freund Guten Tag. Er ist gekommen, um uns beim Training zuzusehen.« Ich drehte mich wieder zu Troy um. »Troy ist den ganzen Weg von Berkeley hierher gefahren.«

»Dein Freund?«, hakte Kai nach. »Du hast mir nicht gesagt, dass du einen Freund hast.« Er hörte sich wirklich gekränkt an. Ich hätte ihn umbringen können. Ich wusste, dass Kai mich ärgern wollte, aber ich glaube nicht, dass Troy das so furchtbar witzig fand.

Troy räusperte sich.

»Kai macht nur Spaß. Ich erzähle ständig von dir, Troy«, versicherte ich ihm.

»Yeah, in Ordnung«, sagte Troy. Er blickte von mir zu Kai und wieder zurück zu mir.

»Troy, das ist Kai, mein Eislaufpartner. Kai, das ist mein Freund Troy.«

Kai streckte die Hand aus. »Hi, Troy, freut mich, dich kennen zu lernen. Ich nehme an, Kirsten hat dir schon alles von mir erzählt.«

»Oh, äh ... ja«, log Troy. »Und das waren nicht nur Komplimente. Sie hat mir erzählt, dass du eine furchtbare Nervensäge bist.«

Kai lachte und verstrubbelte mir die Haare. »Immer zu Scherzen aufgelegt, unsere Kirsten. Eigentlich albern Kirsten und ich ziemlich viel herum – verstehst du?« Er blinzelte Troy zu. »Aber wenn wir auf dem Eis sind und die Musik spielt ... das hat was Magisches.« Er fächerte sich mit dem Hemd Luft ins Gesicht. »Ich muss schon sagen, warum schaltet nicht mal jemand die Klimaanlage an, es wird ja furchtbar heiß hier drin. Oder, Kirsten?« Er lachte und schlug Troy auf die Schulter. »Ohne hier jemanden beleidigen zu wollen, aber ich kann verstehen, warum sie über uns nichts erzählt hat. Wir haben das jedenfalls nicht geplant; es ist einfach so passiert. Chemie nennt man das wohl. Wir haben versucht, es zu ignorieren, aber ich glaube, dass wir unsere wahren Gefühle erst auf dem Eis ausleben.«

»Wovon redest du überhaupt?«, fragte ich und drehte mich ganz zu Kai um.

»Über dich und mich. Unsere Beziehung.«

»Beziehung? Was denn für eine Beziehung?«, sagte ich wütend. »Hör gar nicht hin, wenn er was sagt, Troy. Kai ist einfach nur ein Großmaul. Nichts als Lügen. Wir haben keine Beziehung. Wir *mögen* uns nicht einmal.«

»Danach sah es aber nicht aus, als ihr gelaufen seid«, sagte Troy. »Dieser Kerl hatte seine Hände ja überall.«

»Nur ein Teil der Kür. So was gibt's in jeder Paarlaufkür.«

»Wenn das so ist, will ich gar nicht mehr zusehen«, sagte Troy bitter. »Ich hab bestimmt keine Lust, mich wie ein Trottel zu fühlen, wenn dieser Loser dich überall begrapscht. Und vielleicht brauch ich auch keine Freundin, die sich derart von anderen Kerlen anfassen lässt.«

»Vielleicht schenkt ihr der Kerl, mit dem sie zusammen ist, einfach nicht genug Aufmerksamkeit«, mischte sich Kai wieder ein. »Vielleicht ist er ihr einfach nicht mehr aufregend genug.«

»Wollen wir vor die Tür gehen und das draußen regeln?«, drohte Troy und lehnte sich über die Bande.

»Sicher. Jederzeit. Aber ich sollte dich warnen: Ich war früher Eishockeyspieler. Freistil.« Kai boxte gegen die Luft.

»Hört mal, Jungs.« Ich lachte nervös und trat zwischen sie. »Ihr benehmt euch ja wie Kinder. Schluss jetzt.«

Ich hätte nie gedacht, dass sich einmal zwei Jungen um mich prügeln würden. Eigentlich sollte ich mich deswegen ja geschmeichelt fühlen und aufgeregt sein. Aber das war ich nicht. Ich hatte nur Angst.

Ich legte meine Hand auf Troys Arm. »Beruhige dich, Troy. Er macht das nur, um dich zu ärgern. Glaub mir, in dem, was Kai sagt, steckt auch nicht das kleinste bisschen Wahrheit. Wenn du irgendwann anders gekommen wärst, hättest du garantiert gesehen, wie wir uns gezankt hätten. Das machen wir zu fünfundneunzig Prozent unserer Zeit. Kai findet es toll, sich mit mir zu streiten.« Ich drehte mich um zu Kai, der aussah, als ob er jeden Moment vor Lachen explodieren müsste.

»Lass uns später darüber reden – wenn dieser Loser nicht dabei ist«, sagte Troy drohend.

»Im Moment bin nicht ich derjenige, der sich wie ein Loser benimmt«, sagte Kai aalglatt. »Kirsten und ich wollen weiterarbeiten. Du kostest uns zu viel Zeit.«

»Vielleicht solltest du wirklich gehen, Troy«, sagte ich. Ich blickte zu ihm hoch und betete, dass er das verstehen würde. »Wir können wirklich nicht üben, wenn du zuguckst. Du brauchst dir wegen nichts Sorgen zu machen. Ich habe an Kai wirklich kein Interesse. Er ist mein Eislaufpartner und er geht mir verdammt noch mal auf die Nerven, genau wie eben.«

Troy ging davon. »Denk dran, was ich gesagt habe, Kirsten!«, rief er über die Schulter zurück. »Und sag dem Kerl, er soll aufpassen, wo er seine Pfoten hintut!« Er stürmte hinaus, dass die Schwingtüren hinter ihm klapperten.

Sobald ich die Tränen heruntergeschluckt hatte, die sich in meinem Hals gesammelt hatten, ging ich mit geballten Fäusten auf Kai los. »Warum hast du das gemacht?« Meine Stimme zitterte vor Wut. »Du bist echt der größte Idiot, einfach abartig. Ich weiß, dass du dich für enorm komisch hältst, aber das bist du nicht. Ich hätte fast meinen Freund verloren, und das ist alles deine Schuld.«

»Warum habe ich *was* gemacht?«, fragte Kai. »Und was ist meine Schuld?«

»Warum hast du das gemacht? Warum hast du so getan, als wäre da was zwischen uns?«

»Wach doch endlich auf. Du hast was Besseres verdient als diesen Muskelprotz.«

»Du fällst also deine Entscheidungen gleich nach der ersten Begegnung? Du bist eine Koryphäe auf dem Gebiet der Beziehungen?« Ich schrie ihn an: »Und überhaupt, warum mischst du dich in mein Privatleben ein? Was geht dich das verdammt noch mal an?«

Er lächelte jetzt nicht mehr. Er sah mich sehr ernst an. »Ich habe beobachtet, wie du jeden Abend geradezu rennst, damit du ja keinen Anruf von ihm verpasst. Ich hab gesehen, wie nervös du gestern Abend warst vor Angst, nicht rechtzeitig zu seinem blöden Footballspiel zu kommen. Der Typ braucht keine Freundin – der will nur einen weiteren Fan.« Kai glitt wieder über das Eis.

»Troy ist absolut lieb zu mir. Er könnte jede haben aus der Schule ... und er will mich.«

»Bleibst du deswegen mit ihm zusammen? Weil er einer ist, mit dem man angeben kann?«

»Natürlich nicht«, sagte ich schnell und lief, um ihn einzuholen. »Ich liebe ihn.«

»Das glaube ich nicht«, sagte Kai. »Ich glaube, du brauchst ihn für dein Ego.«

»Das ist nicht wahr.« Ich hielt an.

»Wenn du mit einem Typ ausgehst, dann deswegen, weil ihr Spaß zusammen habt, und ehrlich gesagt, dieser Kerl sieht mir nicht nach besonders viel Spaß aus.«

»Als ob du so erfreut wärst, deine Freundin mit jemand anderem zu sehen.«

»Wenn ich mit einem Mädchen zusammen bin, dann vertraue ich ihr völlig.« Er schüttelte den Kopf. »Es ist nicht meine Schuld, wenn du Angst hast, Troy die Wahrheit zu sagen. Es ist nicht mein Fehler, dass er so eifersüchtig ist. Was ist also dein Problem, Kirsten?«

»Du, Kai!«, schrie ich. »Du bist mein Problem, seitdem ich dich zum ersten Mal gesehen habe.«

Kapitel 10

Kirsten, du hast heute aber einen schlechten Tag. Du bist völlig unkonzentriert«, meinte unser Trainer, nachdem ich bei einem Wechselschritt gestolpert war.

Nach dem Zusammenstoß zwischen Troy und Kai konnte ich mich kaum aufs Atmen konzentrieren, geschweige denn aufs Eislaufen. Ich war viel zu aufgeregt dazu.

»Das kann man wohl sagen«, meinte ich, und schob eine Haarsträhne zurück in meinen Pferdeschwanz.

»Hat dich etwas aufgeregt? Dein Besucher vielleicht?«, fragte Vladimir.

Ich nickte. »Es ist alles Kais Schuld. Kai und seine ständigen Frotzeleien. Er hat Troy erzählt, das zwischen uns was läuft. Dass wir mehr sind als nur ein Eislaufpaar. Ich hab gesagt, dass das nicht wahr ist, aber ich denke, Troy hat mir nicht geglaubt.«

»Das ist genau der Grund, warum ich beim Training keine Besucher haben will.« Der Trainer fuchtelte mit den Händen herum. Er dampfte förmlich vor Ärger. »Sie regen meine Läufer bloß auf. Nimm nur mal Alice. Sie wird unsicher, wenn ihre Mutter auftaucht.« Er klopfte mir auf die Schulter. »Kai ist ein dummer Junge. Aber das ist kein Grund, mit dem Eislaufen aufzuhören. Macht jetzt mit der Arbeit weiter.« Er sah Kai an.

Kai blickte trotzig zurück. »Von dumm kann gar keine Rede sein. Der Typ ist ein Loser. Sehen Sie sich doch an, wie er Kirsten behandelt. Er hat sie nicht verdient.«

»Das geht dich überhaupt nichts an, Kai. Vielleicht mag ich Troy so, wie er ist«, konterte ich.

Kai sah mich sehr ernst an. »Dann bist du nicht so gut, wie ich gedacht hatte.«

»Ach, lass mich doch in Ruhe!«, schrie ich. Ich lief über das Eis und legte meine Hände auf das eiskalte Holz der Bande. Ich brannte förmlich. Ich brauchte etwas, um mich abzukühlen.

»Was hatte denn das alles zu bedeuten?«, fragte Alice später, als wir nach dem Training im Umkleideraum saßen. Es war kurz vor zwei an diesem Samstagnachmittag.

»Kai geht mir wirklich auf den Zeiger.« Ich löste die Schnürsenkel an meinem linken Schlittschuh. »Hast du gesehen, wie er sich aufgeführt hat, als Troy hier war? Er hat so getan, als wären wir mehr als ein Eislaufpaar – stell dir das vor! Er ist wirklich der Letzte, mit dem ich was anfangen würde. Ich glaube, ich habe überhaupt keine Lust mehr, weiter mit ihm zu laufen.«

»Man kennt aber Fälle, in denen sich Eislaufpaare ineinander verliebt haben«, sagte Alice und lächelte. »Denk nur an Ekaterina Gordejeva und Sergej Grinkow. Sie sind jahrelang zusammen gelaufen, bevor sie sich ineinander verliebt und geheiratet haben.«

Ich nickte. Die Gordejeva und ihr Mann, der kürzlich gestorben war – das waren immer schon meine Idole.

»Stell dir das mal vor: Wenn du mit Kai zusammen bist, wird man euch die *Berühmten Bergstroms* nennen«, sagte Alice.

Liebe. Kai? Niemals hatte ich diese zwei Worte im gleichen Atemzug auch nur gedacht. Ich liebte es, mit Kai zu laufen, aber er war nun wirklich nicht aus dem Material, aus dem man Freunde macht. Im Moment war er nicht mal aus dem Material, aus dem man menschliche Wesen macht. Trotzdem konnte ich mir nicht helfen: Ich fragte mich, wie es sein würde, mit Kai zusammen zu sein. Würden wir überhaupt etwas anderes tun, als uns ständig Beleidigungen an den Kopf zu werfen?

Ich zog meinen rechten Schlittschuh aus und hörte Alice weiter zu.

»Nun, wenn man euch so anschaut ... es sieht so unglaublich aus, wenn er dich im Arm hält.« Alice lehnte sich näher zu mir herüber. »Es würde mich gar nicht überraschen, wenn ihr irgendwann doch ein Paar werdet. Wie ist das denn, wenn er dich so festhält?«

Ich wollte ihr erzählen, dass etwas Unglaubliches passierte, sobald die Musik anfing. Dass ich Kais ekelhafte Seiten völlig vergaß, wenn wir auf dem Eis waren. Dass wir zusammenschmolzen und wie ein einziges Wesen liefen. Aber ich hatte plötzlich Angst davor, das laut zu sagen.

Ich grinste.

»Die meiste Zeit zittere ich davor, dass er mich fallen lässt. Es ist wirklich schwer, bei diesem Tempo das Gleichgewicht zu halten.«

»Ja, das kann ich mir vorstellen.«

»Besonders mit jemandem wie Kai. Du weißt nie, ob er

nicht gerade wieder irgendeinen dummen Trick auf Lager hat«, fügte ich hinzu.

»Aber ihr seht wirklich toll aus auf dem Eis. Ich wünschte fast, du könntest die Dreifachen und ich nicht. Dann könnte ich an deiner Stelle mit Kai laufen.«

»Aber du bist doch auch allein so gut. Deine Sprüngen sehen absolut toll aus, Alice.«

Sie biss sich auf ihre herzförmigen Lippen. »Ich hoffe nur, dass ich bei den Regionalmeisterschaften nicht irgendwas verpatze. Ich bin das reinste Nervenbündel bei Meisterschaften.«

»Du wirst es schon schaffen«, versicherte ich ihr. »Wenn du aufs Eis gehst und die Musik hörst, vergisst du einfach, dass irgendjemand dir zusieht. So geht es mir jedenfalls.«

»Echt?« Sie sah mich misstrauisch an. »Du hast wirklich Glück. Ich sehe immer das Gesicht meiner Mutter vor mir, genau da an der Bande.« Sie seufzte. »Sie will, dass ich zu einem Sportpsychiater gehe, um mehr Selbstvertrauen zu bekommen.«

»Das könnte dir wirklich helfen«, sagte ich und sah in ihre großen, braunen Augen.

Sie schüttelte den Kopf. »Ich brauche keinen Psychiater. Meine Mutter braucht einen!«

Arme Alice, dachte ich, als ich das Eisstadion verließ. Sie war eine super Eisläuferin, aber es musste schrecklich sein, immer so viel Angst zu haben. Ich fand's toll, vor Publikum zu laufen, wenn zwischen mir und der Menge die Luft förmlich elektrisiert war. Ich konnte es gar nicht erwarten:

große Meisterschaften, die Olympischen Spiele, das Fernsehen. Und ich hatte das Gefühl, dass es Kai genauso ging, trotz allem, was er sagte.

Ich wette, er wird eine Show abziehen vor der Kamera, dachte ich. Ich lächelte bei dem Gedanken, wie er über das Eis lief ... bis mir wieder einfiel, wie wütend ich auf ihn war.

Ich hoffte, dass ich es mir mit Troy nicht völlig vermasselt hatte. Ich würde Troy anrufen und ihm erklären, dass Kai nur ein Unruhestifter war, dass er der letzte Mensch war, mit dem ich außerhalb der Eisbahn etwas anfangen würde. Das würde die Sache wieder geradebiegen.

Aber als ich nach Hause fuhr, musste ich immer an das denken, was Kai über Troy gesagt hatte. Doch was wusste er denn schon von Troy und mir? Ich war mehr als Troys Fan. Und er war für mich mehr als »einer, mit dem man angeben kann«. Wir hatten Spaß, wenn wir zusammen waren, oder etwa nicht?

Ich dachte an all die tollen Zeiten, die ich mit Troy gehabt hatte – Partys und Kino und Pizza-Orgien nach den Footballspielen –, und dabei fiel mir eine Sache auf: Wir machten immer, was Troy wollte. Wir waren nie mit *meinen* Freunden ausgegangen, wir waren nie in Restaurants gegangen, in die *ich* wollte. Sicher, Troy war süß und irgendwie klasse, aber er setzte immer seinen Willen durch. Er wollte stets und ständig die Nummer eins in unserer Beziehung sein.

Hatte Kai vielleicht am Ende doch Recht? Ich wusste, dass ich immer noch verliebt war in Troy. Ich war jedes Mal geschmeichelt, wenn wir ausgingen. Vielleicht wurde es einfach Zeit, dass ich daran glaubte, dass auch ich etwas Besonderes war.

Sobald ich zu Hause war, rannte ich zum Telefon und rief Troy an. Aber niemand ging ran. Ich hoffte, dass nicht wieder das Gleiche passieren würde wie das letzte Mal, als wir uns missverstanden hatten ... als ich ihn den ganzen Abend in der Leitung hatte warten lassen. Ich wusste nicht, wo Troy stecken konnte. Aber ich wusste eins: Troy war total sauer gewesen. Und ich war ziemlich sicher, dass er absichtlich nicht abnahm. Er wusste, wann ich samstags nach Hause kam, und dass ich dann regelmäßig bei ihm anrief, um zu besprechen, was wir am Abend machen wollten.

Ich rief ihn später noch einmal an, aber erneut ... niemand nahm ab. Am Sonntagmorgen versuchte ich es noch mal, und diesmal erzählte mir seine Mutter, dass er mit seinem Vater zum Angeln gefahren war. Am Sonntagabend war ich an der Reihe, wütend zu werden. Ich beschloss, ihn zu testen. Ich zwang mich, ihn nicht noch einmal anzurufen. Ich wollte warten, um zu sehen, wie lange es dauerte, bis Troy von sich aus anrief. Aber er rief nicht an.

Ich sah Troy erst am Montag in der Schule wieder, als er auf dem Korridor an mir vorbeiging und mich mit einem beiläufigen »Hi, Kirsten« begrüßte.

Ich lief ihm nach. »Warum hast du mich am Wochenende nicht angerufen? Bist du sauer auf mich?«

»Sauer? Warum sollte ich sauer sein?«

»Du weißt schon, wegen all dieser dummen Sachen, die Kai am Samstag auf der Eisbahn gesagt hat.«

Troy zuckte die Schultern. »Wenn du einen Loser wie den mir vorziehst, dann ist das dein Problem.«

»Das ist genau der Punkt, Troy. Ich hab dir gesagt, dass Kai nur mein Eislaufpartner ist.« Ich stand jetzt dicht vor ihm. Der Korridor war überfüllt, also stellten wir uns ganz eng an die Wand, um nicht über den Haufen gerannt zu werden. »Wir arbeiten zusammen und wir zoffen uns die ganze Zeit, das ist alles. Glaub mir, auch wenn ich mir einen anderen Freund suchen würde, wäre es garantiert nicht er. Ich würde nie etwas hinter deinem Rücken tun. Du kannst mir vertrauen, Troy.«

»Du hast schon mal was hinter dem Rücken deiner Trainerin gemacht«, sagte er langsam.

»Für dich!«, gab ich zurück. »Für dich hab ich das gemacht.« Aber ich verstand seine Logik. Wenn ich einmal gelogen und betrogen hatte, dann würde ich es auch vielleicht ein zweites Mal tun. »Schön«, sagte ich wütend. »Wenn du mir nicht glauben willst, dann lass es.«

Er ergriff meinen Arm, als ich mich umdrehte und wegging. »Es ist okay, Kirsten. Ich glaube dir. Es war nur ein ziemlicher Schock, dich mit diesem Kerl zu sehen.«

Ich atmete tief durch. »Ach ja? Für mich war es auch ein ziemlicher Schock herauszufinden, dass du vorhattest, am Freitag zu Tanyas Party zu gehen, egal ob mit mir oder ohne mich.«

»Wovon redest du?«, fragte er und sah sich unbehaglich um.

»Du hast mir nie von dieser Party erzählt.«

»Ich hatte angenommen, dass wir zusammen hingehen würden.«

»Genau das hat Tanya aber anscheinend nicht gedacht«, sagte ich schnell.

»Wovon redest du überhaupt?« Troy sah plötzlich nervös aus und schien sich in seiner Haut nicht wohl zu fühlen.

»Tanya wollte, dass du allein zu ihrer Party kommst. Sie ist gewaltig in dich verknallt, was du sicher bereits weißt. Und wo wir gerade dabei sind: Wie war die Party, nachdem ich gegangen war? War da etwas, das ich wissen sollte?«

»Nun hör aber auf, Kirsten. Du glaubst doch nicht, dass ich dich mit Tanya betrügen würde, oder wie?«

»Nun, dass ist vielleicht der Grund, warum du dachtest, dass ich dich mit Kai betrüge.« Ich sah ihm jetzt genau in die Augen. »Vielleicht hat dein schlechtes Gewissen dir das eingeflüstert.«

Wir standen da und starrten uns an, während Massen von Schülern an uns vorbeiströmten, die in ihre Klassen drängten. Die Klingel läutete.

»Das ist doch Blödsinn«, sagte Troy und nahm seinen Rucksack von der rechten in die linke Hand. »Ich kann das hier nicht besprechen. Ich muss in meine Klasse.«

Was war nur los mit uns? Ich war gekommen, um mich bei Troy zu entschuldigen ... um ihm zu zeigen, dass ich mit ihm zusammen sein wollte, nicht mit Kai. Aber alles, was wir taten, war, uns zu streiten. Meine Beziehung zu Troy wurde allmählich genauso kompliziert wie die zu Kai.

»Wenn ich ein Team zu einer Meisterschaft anmelde, dann muss es sich meiner auch würdig erweisen«, erklärte Vladimir am Montagnachmittag. Er war gnadenlos geworden. Zusätzlich zu der einen Stunde täglich im Kraftraum und vier Stunden auf dem Eis ließ er uns jeden Tag neue Pirouetten und Hebungen probieren. »Mein Ruf steht auf dem Spiel. Wenn ihr schlecht lauft, wird es heißen ›Der arme Vladimir, er ist nicht mehr so gut wie früher. Er ist weich geworden, seitdem er in Amerika ist.‹« Er blickte erst Kai an, dann mich. »Deswegen dürft ihr mir keine Schande machen.«

In dieser Woche lernten wir die Todesspirale. Die ist ungefähr so gruselig, wie sie sich anhört. Die Todesspirale ist eine schwierige Figur, und eine, bei der ich Kai völlig vertrauen musste. Kai sollte mich an einer Hand halten und mich herumwirbeln. Ich musste meinen Körper ganz gerade halten und mit den Füßen einen immer größer werdenden Kreis um ihn ziehen, bis ich fast waagerecht zum Eis war. Und bei einer perfekten Todesspirale würde mein Kopf nur ein paar Zentimeter über dem Eis sein.

Ich brauchte all meine Konzentration, um nicht Angst zu kriegen oder meinen Rücken zu beugen, wenn ich merkte, dass mein Kopf immer näher zum Eis kam. Ich konnte nichts machen gegen die Vorstellung, wie es aussehen würde, wenn mein Gehirn über die glänzende Fläche spritzen würde. Ich versuchte, mich zu entspannen, aber es gelang mir nicht. Ich machte jedes Mal in der letzten Sekunde einen Rückzieher.

»Es ist vollkommen sicher, Kirsten. Kai wird dich schon nicht loslassen!«, brüllte Vladimir. »Du musst deinem Partner vertrauen, Kirsten.«

Sehr witzig, dachte ich. *Wie soll ich Kai vertrauen, wenn er der Grund dafür ist, dass mein ganzes Leben auseinander bricht?*

Am Freitag hatten wir immer noch nicht den Dreh raus.

»Na los, wir müssen das schaffen.« Kai sprach mir Mut zu. »Wir kriegen das hin, Kirsten. Es ist nicht so schwierig.«

»Für dich nicht«, sagte ich, und rieb meine Hände an meinen grauen Wollstrumpfhosen, um sie aufzuwärmen. »Sei du mal derjenige, dessen Kopf aufs Eis kracht.«

»Ich werde dich nicht aufs Eis krachen lassen, Kirsten. Versprochen. Du musst mir vertrauen, wenn wir weiter zusammen laufen wollen.«

»Du hast mir auch jeden Grund gegeben, dir zu vertrauen, oder nicht? Du lügst meinen Freund an, sodass wir fast miteinander Schluss machen. Du lachst, wenn ich hinfalle und mir wehtue. Gib mir einen Grund, warum ich dir vertrauen sollte.«

»Weil ich es dir versprochen habe«, sagte er ruhig. »Du glaubst mir das vielleicht nicht, aber ich bin kein gewalttätiger Mensch. Ich will dir nicht wehtun.«

Es war schwer, an diesen neuen, ernsthaften Kai zu glauben. Jeden Moment dachte ich, er würde irgendetwas sagen wie »April, April« oder »Reingelegt«. Er tat aber nichts dergleichen.

»Genug für heute«, unterbrach uns der Trainer. Es war so um sechs Uhr herum. »Ihr habt beide hart gearbeitet diese Woche. Ich muss rechtzeitig weg; ich habe eine Verabredung zum Essen.«

»Oho, Vlad hat eine Verabredung«, sagte Kai und lachte.

»Mit einigen russischen Herren in einem russischen Restaurant in San Francisco, für den Fall, dass du irgendwelche komischen Ideen haben solltest«, sagte Vladimir und schlurfte in Richtung Bande. Alice und die anderen Läufer, die allein und für sich trainiert hatten, folgten ihm. Kai und ich blieben zurück.

»Tschüss bis morgen also«, sagte ich zu Kai und drehte mich zum Gehen um.

Kai packte meinen Arm.

»Willst du nicht ein bisschen länger bleiben, um an der Todesspirale weiterzuarbeiten? Ich würde das gerne hinkriegen, bevor wir heute Abend nach Hause gehen. Ich glaube, wir sind nahe dran.« Er machte eine Pause und sah mich an. »Oder musst du wieder zu einem von Troys Footballspielen hinrasen?«

»Ich muss nirgendwo hinrasen. Troy hat heute kein Spiel. Und außerdem ... ich bin keine von seinen ›Fans‹. Ich kann tun und lassen, was ich will.«

»Super«, sagte Kai. »Willst du noch hier bleiben?«

»Meinst du, wir sollten das probieren, ohne dass Vlad dabei ist?«, fragte ich und zog ein Taschentuch aus meinem braunen Pullover. Vladimir war gerade durch die Schwingtür verschwunden.

»Wäre das nicht klasse, wenn wir ihn morgen mit einer perfekten Todesspirale überraschen?«, fragte Kai. »Vielleicht ist es leichter, wenn wir das Eis ganz für uns haben. Die Zamboni-Maschine kommt auch erst in einer Viertelstunde. Na los, Kirsten, lass es uns versuchen.«

»Okay.« Meine Stimme hallte durch die leere Halle. Ich war mir plötzlich sehr bewusst, dass ich allein mit Kai war. Ich sah mich nervös um.

»Super. Lass uns anfangen«, sagte Kai und streckte mir die Hand hin.

Wir begannen die Todesspirale von neuem. Ich versuchte,

mich darauf zu konzentrieren, Kai zu vertrauen und mich fallen zu lassen, aber es war nicht leicht. Ich hasste die Tatsache, dass mein weiteres Schicksal völlig in Kais Armen lag. Die Spannung durchzog meinen ganzen Körper.

Weit entfernt hörten wir die Tür zuschlagen, als die letzten Läufer die Halle verließen. Um uns herum herrschte völlige Stille. Man konnte das Surren unserer Schlittschuhe auf dem Eis hören und sogar unser scharfes Einatmen. Der Hausmeister war wahrscheinlich in seinem Büro und wartete, bis er den Zamboni aufs Eis fahren sollte. Es schien, als wären wir die einzigen Menschen auf der Welt.

»Lass uns die ganze Kür laufen bis zu dem Punkt, wo die Todesspirale kommt«, schlug Kai vor. Er zog seinen unförmigen, grauen Pullover aus, unter dem ein eng anliegender, schwarzer Rollkragenpullover zum Vorschein kam. Ich konnte nicht anders: Ich musste einfach bemerken, wie sich der Stoff über seiner muskulösen Brust spannte. »Vielleicht ist es einfacher, wenn wir die Spirale nicht isoliert probieren.«

Wir begannen zusammen zu laufen. Es gab keine Musik, also zählten wir im Kopf die Takte, als wir uns über das Eis bewegten. Eins. Zwei. Drei. Vier ... und das magische Gefühl kam wieder zurück. Wir machten das Fliegende Kamel Seite an Seite und kamen für die Kombinationspirouette wieder zusammen. Dann nahm Kai meine Hand und ich flog geradezu in die Todesspirale hinein.

Wir hatten sie noch nie so schnell gemacht. Ich spürte die Kälte vom Eis her hochkriechen, als ich tiefer und tiefer ging. Die Deckenlampen waren ein einziges verschwommenes Licht. Ich schloss die Augen und fühlte, wie ich mich zu einer einzigen, perfekten Linie streckte, wie ein Füllhalter, der über die Seite gleitet.

Es schien wie eine Ewigkeit, bis Kai mich wieder neben sich auf die Füße zog.

»Ja! Wir haben es geschafft, Kirsten!«, jubelte er. Seine Stimme hallte über die leeren Sitzreihen. »Du warst unglaublich. Wir werden sie alle niedermachen bei den Meisterschaften! Wir werden zu den Landesmeisterschaften kommen. Oder besser – wir werden es bis zu den Olympischen Spielen schaffen!«

Er zog mich in seine Arme und machte eine Pirouette mit mir. Kais Gesicht war so lebendig und glücklich, wie ich es noch nie zuvor gesehen hatte. Ich lachte auch wie verrückt, gefangen im Glück dieses einen Moments. Dann setzte er mich wieder ab, seine Arme immer noch fest um mich. Meine Hände lagen immer noch um seinen Hals, und seine Augen blickten genau in meine. Plötzlich lachten wir nicht mehr.

Langsam, als ob wir von einem unsichtbaren Magneten gezogen wurden, kamen unsere Lippen aufeinander zu. Ich war nicht vorbereitet auf den unglaublichen elektrischen Strom, der bei seiner Berührung durch meinen Körper lief. Mein Herz klopfte wie wild. Ich schwebte, leichter als eine Feder. Als ich meine Augen schloss, fühlte ich Kais Herz gegen meines hämmern. Und ich wollte, dass dieser Augenblick nie zu Ende ging …

Kapitel 11

Ich weiß nicht, wie lange Kai und ich in der Mitte der Eisfläche standen, gefangen in unserer Umarmung, bevor wir plötzlich abbrachen. Kais rotes Gesicht sah genauso verlegen aus, wie ich mich fühlte.

»Ich glaube, wir haben uns beide, äh … etwas gehen lassen«, stammelte er. Dann lachte er. »Ich glaube, wir sollten diesen Kuss lieber nicht in die Kür aufnehmen. Die soll ja schließlich jugendfrei bleiben.«

Eine Million verschiedener Gedanken raste durch meinen Kopf. Ich hatte gerade Kai geküsst, jemanden, den ich nicht einmal mochte, und ich wollte es wieder tun. Ich hatte mich noch nie so nach einem Kuss gefühlt, so fortgerissen, nicht einmal, wenn ich Troy küsste, und das machte mir Angst.

»Oh nein. Sieh mal auf die Uhr.« Ich blickte auf die große Wanduhr und tat so, als wär ich wirklich überrascht. »Ich muss los. Der Verkehr ist freitags immer schrecklich. Ich will nicht, dass meine Eltern sich Sorgen machen, und wahrscheinlich wird Troy anrufen. Wir unternehmen freitags meistens irgendetwas und … Kai, ich, äh … ich muss wirklich los«, hörte ich mich stammeln.

Er nahm meine Hand. »Mach dir nur keine Sorgen, Kirsten«, sagte er tröstend. »Wir haben uns eben gehen lassen in der Hitze des Gefechts. Wir waren beide erregt von der Kür, das ist alles. Keine große Sache. Kein Grund, sich aufzuregen.«

»Aufregen? Wer sagt, dass ich mich aufrege?« Ich versuchte mein strahlendstes Lächeln. »Wenigstens haben wir die Todesspirale hingekriegt. Ich denke, das ist schon einen kleinen Kuss wert.«

»Sicher«, sagte er. »Das war es wirklich wert.«

»Jetzt muss ich aber los«, sagte ich, obwohl meine Füße sich nicht vom Fleck bewegen wollten.

»Ja, ich denke auch, wir sollten abhauen, bevor der Mensch mit dem Zamboni kommt, um das Eis für die Allgemeinheit herzurichten«, sagte Kai. »Und ich muss allerlei Zeugs erledigen.« Er lachte verlegen. Dann sagte er: »Tschüss, Kirstie.«

»Tschüss, Kai.«

Normalerweise hasse ich es, wenn man mich Kirstie nennt, aber es klang gut, wenn Kai es sagte.

Ich sah ihm nach, als er vor mir an den Rand der Eisfläche lief. Für gewöhnlich stoppte er elegant und glitt sanft vom Eis. Aber heute stolperte er über seine Schlittschuhe, als ob seine Beine ein Eigenleben führten. Ich wusste, wie er sich fühlte. Meine Beine waren auch wie Pudding, als ich langsam zum Umkleideraum ging.

Meine eisigen Finger zitterten, als ich die Schnürsenkel aufknotete.

Ich war echt verwirrt. Und ich meine echt, echt, *echt* verwirrt. War es wirklich, wie Kai gesagt hatte, nur der Eifer des Gefechts, dass er mich so geküsst hatte? Ich korrigiere: dass *wir* uns so geküsst hatten? Vielleicht war es ganz normal, jemanden zu küssen, wenn man eine schwierige Passage hingekriegt hatte. Aber das erklärte nicht die Art, wie ich mich gefühlt hatte. Es war, als ob ich schwebte, als ob ich außerhalb meines Körpers flog. Ich hatte mich gefühlt, als ob ich meinen Traumtyp geküsst hätte.

Hatte er das Gleiche gefühlt? Kai schien genauso durchgeschüttelt zu sein wie ich. Er war noch nie über seine Schlittschuhe gestolpert! Aber andererseits: Er hatte Witze darüber gemacht; er hatte gesagt, es wär keine große Sache. Vielleicht bedeutete es ihm gar nichts. Und wenn ich klug war, würde ich es genauso halten.

Außerdem war es gefährlich, sich mit seinem Eislaufpartner einzulassen. Besonders mit einem Partner wie Kai. Er war so wild und völlig unberechenbar. Ich meine, was war, wenn wir plötzlich miteinander Schluss machen würden? Wie könnten wir dann noch zusammen laufen? Das wäre alles viel zu kompliziert.

Und dann war da noch Troy. Ich konnte nicht meine ganze Beziehung zu Troy hinwerfen nur wegen eines kleinen, harmlosen – fantastischen – Kusses.

»Wir müssen reden.« Kais Stimme hinter mir ließ mich auffahren.

Es war früh am Samstagmorgen, und die schwach erleuchtete Halle war erfüllt von dem gedämpften Geräusch von Kufen, die sich in das frische Eis schnitten. Alice und die anderen Läufer zogen ihre Bahn und wärmten sich für das Training auf.

Ich umrundete die Eisfläche langsam und betete, dass

meine Beine endlich aufwachten. Der Rest meines Körpers war allerdings auch nicht gerade munter. Ich unterdrückte ein Gähnen. Ich hatte nicht besonders viel Schlaf gekriegt letzte Nacht. Ich hatte mich herumgewälzt und von Kais magischem Kuss geträumt.

»Lass uns das wie Erwachsene angehen«, fuhr Kai fort. »Ich glaube nicht, dass du alles, wofür wir so hart gearbeitet haben, wegen eines albernen Kusses riskieren willst.«

In dem Halbdunkel merkte ich, dass Kai mir nicht in die Augen sehen konnte. Mir selbst fiel es ähnlich schwer, ihn anzusehen.

Ich rieb meine steifen Finger an meinen Beinen und lief einen Kreis vor Kai.

»Meinst du, du kannst weiter mit mir arbeiten, so, als ob gestern Abend nichts passiert wäre?«, fragte er.

»Warum nicht? Wir tun eben so, als ob gestern Abend nichts passiert wär ... bis auf die Todesspirale. Ich kann immer noch nicht glauben, dass wir sie hingekriegt haben. Lass uns anfangen.« Und damit lief ich rückwärts von Kai weg.

Der Rest des Samstagtrainings war das reine Chaos. Kai und ich waren superhöflich zueinander, als ob wir verlegen darüber waren, uns anfassen zu müssen. Ich wusste überhaupt nicht mehr, wie ich mich verhalten sollte.

Vladimir merkte sehr bald, dass etwas nicht stimmte. »Nein, Kirsten, das war ja furchtbar!«, brüllte er, nachdem ich einen einfachen Sprung verbockt hatte. »Bleib locker. Entspann dich, fühl das Eis unter deinen Kufen. Genieß das Laufen.«

Ich nickte, entschlossen, meine Unbehaglichkeit abzuschütteln. Ich lief auf Kai zu und meine Hand traf seine. Kais Hand schwitzte wie noch nie, als ich den Sprung ansetzte. Und sein Arm war weder stark noch sicher. Und mitten in der Hebung fiel ich zum hundertsten Mal an diesem Tag aufs Eis.

»Okay, ihr zwei. Das reicht für heute. Ich kann keine weitere Minute mehr ertragen, das ist schauerlich. Ich werde derart schlampige Arbeit in Zukunft nicht mehr tolerieren.«

Das erste Mal in seinem Leben fiel Kai nichts ein, was er sagen könnte. Er starrte nur auf seine Schlittschuhe hinunter.

»Entschuldigung, Vladimir«, murmelte ich, unfähig, den Trainer anzusehen. »Es wird nicht wieder vorkommen.«

Vladimir drehte sich wortlos um und ich versuchte, schnell davonzuschlüpfen und niemandem mehr zu begegnen. Aber es war nicht gerade mein Glückstag.

Alice fing mich ab, als ich auf dem Weg zum Umkleideraum war. »Okay. Erzähl mir alles«, sagte sie. »Was geht da ab zwischen dir und Kai? Ihr wart den ganzen Tag über völlig komisch.«

»Es ist alles so durcheinander, Alice«, begann ich. »Gestern Abend haben wir die Todesspirale zum ersten Mal hingekriegt. Es war perfekt. Und dann waren wir plötzlich in der Mitte der Eisfläche und haben uns umarmt und geküsst. Genau in der Mitte vom Eis.«

»Kai hat dich geküsst? D-d-das kann ich nicht glauben«, stotterte Alice. Sie zog ihre brandneuen silberfarbenen Trainingshosen über ihren traumhaften blauen Einteiler. »Ich habe gedacht ... ich meine – ihr zofft euch doch dauernd.«

»Ich weiß. Es ist verrückt. Ich kann es auch nicht glauben.« Ich hatte meine Schnürsenkel endlich aufgeknotet.

»Und was ist danach passiert?«

Ich zuckte die Schultern. »Kai hat es heruntergespielt und gesagt, es sei keine große Sache.

»Und wie war der Kuss?«, fragte sie und lehnte sich näher zu mir herüber, als ob sie Angst hätte, irgendein saftiges Detail zu verpassen, wenn sie nicht genau aufpasste.

»Fantastisch. Atemberaubend. Ich hätte nie gedacht, dass ein Kuss so toll sein kann«, sprudelte ich hervor. Ich kickte meine Schlittschuhe durch den ganzen Raum gegen die Gummimatten. »Aber darum geht es gar nicht. Ich weiß nicht, was ich machen soll, Alice. Ich sage mir immer wieder, dass da nichts dabei war, nur ein Kuss eben, aber ich bin mir nicht sicher, ob ich das wirklich glaube. Ich meine, ich bin immer noch in Troy verliebt. Auch wenn wir in der letzten Zeit irgendwie nicht so gut miteinander auskommen. Wie kann ich in den einen Jungen verliebt sein und mich so völlig unglaublich fühlen, wenn ich einen anderen küsse?«

»Vielleicht küsst Kai einfach nur gut«, schlug Alice vor. »Er hat wahrscheinlich ganz schön Erfahrung auf diesem Gebiet.«

»Wahrscheinlich«, sagte ich unsicher. Eigentlich kannte ich Kai überhaupt nicht. Vielleicht war er einer von der Sorte, die ständig Mädchen küssten. Vielleicht hatte es ihm wirklich nichts bedeutet. Und plötzlich fand ich's merkwürdig, dass ich nichts über Kai wusste, über sein Privatleben. Warum er nicht wieder Eishockey spielen konnte ... was er mochte oder was er nicht mochte. Wir hatten so viel

Zeit miteinander verbracht, aber wir hatten uns nie richtig unterhalten.

»An deiner Stelle würde ich die ganze Sache vergessen«, sagte Alice. »Du hast einen klasse Freund. Warum solltest du eine tolle Beziehung ruinieren für einen Typ wie Kai?«

»Ich wünschte nur, es wäre nie passiert. Das Leben ist auch so schon kompliziert genug. Es fühlt sich jetzt so komisch an, wenn Kai mich festhält. Ich weiß nicht mehr, was ich denken soll.«

»Du solltest dir nicht so viel Sorgen machen, Kirsten. Wahrscheinlich wird Kai nur wieder einen riesigen Witz aus der ganzen Sache machen.«

»Du hast Recht. Ich bausche das alles viel zu sehr auf. Ich muss einen Weg finden, alles zu vergessen, was mit Kai zusammenhängt.«

Ich beschloss, Troy zu überraschen, indem ich an diesem Nachmittag zu seinem Auswärtsspiel in San Ramon kam. Das Team unserer Berkeley High war klasse, und ich musste einfach bemerken, wie viel Selbstsicherheit Troy ausstrahlte. Er blieb cool, auch wenn die gegnerische Mannschaft von allen Seiten auf ihn einstürmte. Und er warf den Ball immer und immer wieder präzise in die Hände der Fänger. Er war in Topform. Und er war mein Freund.

Aber ich konnte Kai nicht völlig aus meinem Kopf verbannen. Falls wir tatsächlich ein Eislaufpaar würden, wären wir Tag für Tag zusammen in den nächsten Jahren. Ich wusste nicht, ob ich darüber froh oder ängstlich sein sollte.

»War gut heute, was?«, unterbrach Troy meine Gedanken, als er mich nach dem Spiel gefunden hatte. Er schien mehr als überrascht zu sein, mich zu sehen. Irgendwie sah er fast erschüttert aus, als er sich herunterbeugte und mir einen verschwitzten Kuss gab.

Nichts … gar nichts. Nichts Magisches mehr, wenn Troy mich küsste. Ich fragte mich plötzlich, ob es überhaupt jemals da gewesen war …

»Du warst wunderbar«, sagte ich und betrachtete sein verstrubbeltes braunes Haar und seine dreckige Spielkleidung. »Du wirst von Woche zu Woche besser, Troy.«

Er legte einen Arm um meine Schultern.

»Sieh mal, Kirsten, ich wusste nicht, dass du heute zum Spiel kommen wolltest. Ich gehe nachher mit den Jungs weg. Und außerdem – musst du nicht mehr Zeit mit deinem Partner verbringen?«

»Was soll denn das heißen, Troy?« Ich entzog mich seiner Umarmung und zwang mich, ihm genau in die Augen zu sehen.

»Tu doch nicht so, Kirsten. Jeder weiß, dass du die ganze Zeit zu sehr mit deinem Eishockeyspieler beschäftigt bist, um mit mir auszugehen. Ich werde langsam zum Gespött der ganzen Mannschaft. Und ich weiß nicht, wie viel ich davon noch schlucken kann.« Troys Stimme brach ein wenig, als er seinen Helm von der linken in die rechte Hand wechselte.

»Das stimmt nicht, Troy, und du weißt es. Kai ist nur mein Eislaufpartner, sonst nichts. Ich dachte, du hättest das inzwischen kapiert.« Jetzt war es meine Stimme, die zitterte.

»Nun, das hab ich nicht«, gab er zurück und drehte sich auf dem Absatz um.

»Troy ...«, rief ich ihm nach, aber die Menge hatte ihn schon verschluckt.

Ich war ziemlich fertig nach dieser Szene, und den Rest des Wochenendes verbrachte ich damit, über Troy nachzudenken. Über all den Spaß, den wir in den ersten Wochen miteinander gehabt hatten. Über die Tatsache, dass unsere Beziehung jetzt völlig den Bach runtergegangen war. Ich war so geschmeichelt gewesen in der ersten Zeit, so aufgeregt darüber, dass Troy sich ausgerechnet in mich verliebt hatte. Er hatte mir gezeigt, wie viel Spaß ein normaler Teenager haben konnte – Feten und Footballspiele, Kino, alles. Aber ich war kein »normaler« Teenager. Ich war Eisläuferin. Und wenn ich vorhatte, meine olympischen Träume zu verwirklichen, wusste ich, was ich zu tun hatte.

Ich war nicht fair zu Troy gewesen ... und zu mir selbst auch nicht. Ich hatte gedacht, ich könnte alles haben – einen tollen Freund, ein Privatleben – und trotzdem noch genügend Zeit fürs Training. Aber jetzt wusste ich, dass das unmöglich war.

Ich hatte vor, am Montagmorgen mit Troy zu reden ... ihm zu sagen, dass ich ihn mochte, aber dass wir beide unterschiedliche Dinge brauchten. Troy brauchte eine Freundin, die ihn anhimmelte, eine, die sofort alles stehen und liegen lassen konnte ... eine, die sich bei jedem Heim- und Auswärtsspiel die Lunge aus dem Hals schrie, um ihn anzufeuern. Eigentlich brauchte Troy keine Freundin – er brauchte eine Cheerleaderin. Und ich war sicher, eine bestimme blonde Cheerleaderin, die laute Feten gab, würde sehr glücklich sein über meine Entscheidung, mit Troy Schluss zu machen.

Ich auf der anderen Seite brauchte mehr. Und falls ich nicht einen Jungen fand, der akzeptierte, dass für mich das Eislaufen an erster Stelle kam, würde ich für einige Zeit einfach auf Tauchstation gehen müssen. Ich brauchte einen starken, sensiblen Jungen. Der Nächste, in den ich mich verliebte, musste selbstsicher sein, selbstbewusst, und fähig, sich oft auch ohne mich zu beschäftigen. Denn er würde eine ganze Menge von Abenden und Wochenenden allein auskommen müssen.

Ich feilte an meiner Ansprache während der ganzen Mathestunde, bis ich fand, dass sie sich ziemlich gut anhörte. Ich hatte vor, ehrlich zu Troy zu sein ... es ihm nicht zu schwer zu machen. Ich war sicher, dass es ihn nicht wie ein Hammer treffen würde. Immerhin sprachen wir zu diesem Zeitpunkt kaum noch miteinander. Aber als ich Troy langsam den Korridor entlang auf mich zukommen sah, entfleuchten mir all die sorgsam geprobten Sätze

»Hi, Kirsten ...« Troy klang nicht so, als ob er glücklich war, mich zu sehen. Er sah überhaupt nicht allzu gut aus. Seine braunen Augen, die normalerweise hell leuchteten, sahen heute müde und fast grau aus.

»Hi.« *Jetzt geht's los*, dachte ich. *Jetzt oder nie*. Ich nahm seinen Arm. »Troy –«

»Kirsten –« Troy und ich hatten im selben Moment angefangen. Er wirkte ungewöhnlich unsicher, fast nervös.

Wusste er, was ich ihm sagen wollte? Er hatte mir nicht ein einziges Mal in die Augen gesehen, und er spielte nervös mit seinem Rucksack herum, nahm ihn mal in die eine, dann wieder in die andere Hand.

»Du zuerst«, sagten wir beide gleichzeitig.

»Okay.« Ich lächelte und nahm die Unterhaltung in die Hand. »Troy, ich muss dir etwas sagen«, begann ich.

»Gut, ich muss dir nämlich auch was sagen, Kirsten«, unterbrach er mich. »Es ist ja ziemlich offensichtlich, dass du in den letzten Wochen keine Zeit mehr für mich hast ... Ich glaube, du hattest nie richtig Zeit.« Er machte eine Pause, sah den Korridor entlang, dann blickte er mich an. »Ich mag dich, Kirsten. Und ich bin stolz auf das, was du machst ...«

»Danke, Troy. Das ist genau das, worüber ich mit dir reden wollte ...«

»Aber ich kann so nicht weitermachen«, fuhr er fort, als ob ich gar nichts gesagt hätte. »Ich brauche eine Freundin, die für mich da ist, Kirsten. Eine, die jede freie Minute mit mir verbringen will ... nicht mit irgendeinem anderen Kerl auf dem Eis. Ich bin es leid, ständig von den Jungs in der Mannschaft gehänselt zu werden, weil ich immer allein rumhänge. Es ist nicht richtig, wenn der Kapitän der Footballmannschaft nach dem Training oder nach dem Spiel ohne seine Freundin dasteht.«

Ich konnte nicht glauben, was ich hörte. *Troy* machte mit *mir* Schluss.

»Ich weiß, das klingt egoistisch, aber hier geht es um die Play-offs. Demnächst werden wir im gesamten Bundesstaat spielen«, erklärte er. Er streckte die rechte Hand aus, um meinen Arm zu berühren. Anscheinend wollte er tatsächlich versuchen, mich zu trösten. Er dachte wohl, ich würde jeden Moment in Tränen ausbrechen. Dann könnte er wieder den Sensiblen spielen, der mit einer einzigen Streicheleinheit meinen Schmerz wegwischt.

Das Komische war nur: Ich war überhaupt nicht traurig. Ich war wütend. Wie konnte Troy mit mir Schluss machen, nur weil ich zu viel zu tun hatte, um für ihn das liebeskranke Hündchen zu spielen?

»Ich brauche eine Freundin, die mich unterstützt, die das für wichtig hält, was ich mache.«

»Ich habe nie gesagt, dass dein Football nicht wichtig ist, Troy. Ich finde die Mannschaft toll«, unterbrach ich ihn. Ich wollte mich hier nicht zum Sündenbock machen lassen. »Aber …«

»Aber dein Eislaufen ist wichtiger.«

»Für mich ist es wichtiger.« Ich trat einen Schritt zurück. »Das muss es sein, wenn ich vorhabe, ganz nach oben zu kommen.«

Troy blickte sich um, als suche er einen Weg, diese unerfreuliche Unterhaltung zu beenden … einen Fluchtweg. »Dann verstehst du das also? Du bist einverstanden, dass wir besser Schluss machen sollten. Ich meine, es ist ja nicht so, dass wir in der letzten Zeit besonders gut miteinander gekonnt hätten. Wir sind in den letzten Wochen gar nicht mehr zusammen gewesen.«

»Ja, Troy. Ich verstehe es. Und ich bin einverstanden.«

Wir standen da und sahen uns kaum an. Es war, als hätten wir Angst wegzugehen. Weil es dadurch unwiderruflich würde. Dass wir nicht länger ein Paar waren.

Der Korridor hatte sich nach dem Läuten geleert.

»Ich muss gehen«, sagte Troy endlich.

»Ich auch.«

»Wir sehen uns, Kirsten.« Und damit gingen wir von nun an getrennte Wege.

An den Rest des Tages kann ich mich nur noch verschwommen erinnern. Ich fühlte mich unbehaglich und verlegen und ein bisschen verletzt. Aber hauptsächlich war ich erleichtert. Jetzt, wo es mit Troy und mir vorbei war, konnte ich mich voll auf die Meisterschaften konzentrieren, bis zu denen nur noch ein Monat blieb.

Das Letzte, was ich allerdings an diesem Nachmittag tun wollte, war trainieren. Als ich aufs Eis kam, stand Kai ganz allein da, völlig in Gedanken. Ich konnte nicht anders: Ich musste einfach sein dunkelblondes Haar bewundern, das im Glanz des Neonlichtes leuchtete. Und die Art, wie der schwarze Rollkragenpullover seine starken Schultern und seinen Rücken betonte. In mir schlug alles Purzelbaum.

Das passiert doch gar nicht wirklich, sagte ich mir. *Ich kann gar nicht an Kai interessiert sein. Ich fühle mich einfach nur einsam und verletzlich, jetzt, wo ich mit Troy Schluss gemacht habe.*

Aber als Kai mit ausgestreckter Hand auf mich zulief, konnte ich nicht anders. Ich ergab mich ihm. Ich nahm seine Hand und fühlte so etwas wie einen elektrischen Schlag durch mein Inneres zischen. Genau wie bei unserem Kuss.

Wir fingen an, zusammen zu laufen, zuerst langsam. Es

war etwas komisch, aber nach einer Weile wurde es besser. Ich war überrascht, dass das Training an diesem Tag so gut lief. Ich war mir sicher gewesen, dass ich immer an die Trennung von Troy denken würde und dass ich mich nicht würde konzentrieren können. Aber ich hatte mich geirrt. Sobald Kai mich mit seinen kräftigen Händen berührte, verschwand Troy einfach aus meinen Gedanken. Plötzlich waren es nur noch Kai und ich gegen den Rest der Welt.

Vladimir schien auch überrascht zu sein. Und er war wirklich beeindruckt von unserer Todesspirale. »Da seht ihr, was passiert, wenn ihr gut zusammenarbeitet«, sagte er.

Ich warf Kai einen kurzen Blick zu. Er strahlte ebenso vor Stolz wie ich.

»Dann können wir jetzt weitermachen und die Kür zu Ende probieren«, sagte Vladimir. »Und dann könnt ihr das Ganze mit Musik versuchen.«

»Kirsten, ich ... äh, ich wollte dich etwas fragen«, flüsterte Kai, während Vladimir zur Mitte der Eisfläche ging. Er hatte seine Notizzettel in einem Stapel mitten auf dem Eis liegen.

Kai und ich liefen an die Bande.

Mein Herz begann wild zu klopfen. »Ja?«

»Glaubst du wirklich, dass wir eine Chance haben, zu den Landesmeisterschaften zu kommen?« Kai säuberte seine rechte Kufe von Eisresten. »Du kennst dich viel besser aus mit diesem ganzen Eiskunstlaufkram. Wie gut sind wir im Vergleich zu den anderen?«

»Du hast doch die ganzen Videos gesehen«, sagte ich erleichtert. Ich hatte Angst gehabt, er würde wieder von Freitagabend anfangen.

»Ja, die Videos von den letzten Olympischen Spielen, die uns Vlad gezeigt hat. Ich weiß, dass wir diese Klasse noch lange nicht haben. Aber glaubst du, dass wir uns für die Landesmeisterschaften qualifizieren können?«

»Das hoffe ich doch«, sagte ich. »Ich glaube, wir haben eine gute Chance. Wir sind auf dem besten Weg, oder nicht?«

Er sah nachdenklich vor sich hin. »Es ist ein unheimlicher Gedanke. Vor einem Jahr um diese Zeit hatte ich überhaupt keine Ahnung, was Paarlauf ist. Ich hatte vor, Eishockeyprofi zu werden. Und jetzt habe ich diese völlig neuen Zukunftsaussichten – ich bin mir nicht sicher, ob ich schon bereit dafür bin.«

Plötzlich hörte ich einen gewaltigen Lärm, der von außerhalb der Eisfläche kam. Ich blickte hoch und sah eine Gruppe von Jungs mit viel Krach hereinstürmen. Ich fühlte, wie Kai sich neben mir verkrampfte, als die Riesenkerle sich gegenseitig schubsten und herumalberten und so taten, als gehöre ihnen das Eis.

»Seht mal, da ist er. Hallo, Kai, komm her!«, brüllte ein Junge, der eine Jacke der San Jose Sharks trug.

»Oh nein«, murmelte Kai. Er drehte sich von mir weg und lief zu ihnen hinüber. »Was macht ihr denn hier?«, hörte ich ihn fragen.

Ich blieb stehen und betrachtete Kais Rücken, während er mit ihnen sprach. Man musste kein Genie sein, um zu sehen, dass es seine ehemaligen Mannschaftskameraden waren. Ich versuchte, mich näher heranzuschieben, um vielleicht etwas davon aufzuschnappen, was sie sagten. Ich fühlte mein Herz rasen. Waren sie gekommen, um mir Kai wegzuschnappen – um ihn zu überzeugen, wieder Eishockey zu spielen? Würde ich ihn für immer verlieren?

Ich war nicht vorbereitet auf diese Riesenwelle von Verzweiflung, die über mich hinwegfloss. Ich musste mich zwingen, nicht hinüberzulaufen und ihn von ihnen wegzuziehen. Ich wollte schreien: »Er gehört jetzt mir. Ihr könnt ihn nicht zurückhaben.« Aber ich blieb, wo ich war, und bemühte mich zu hören, worum es ging.

Kai drehte sich um und zeigte auf mich. »Da drüben ist meine Partnerin, Kirsten. Wir trainieren gerade.«

Sie sahen mich mit amüsiertem Grinsen an, so als ob sie glaubten, dass Kai sie veralbern würde. Ich hatte das Gefühl, dass es ihm nicht recht war, wenn ich sie kennen lernte, also blieb ich weg – obwohl ich nur zu gerne herausgefunden hätte, was es mit seiner Eishockeyvergangenheit auf sich hatte.

Vielleicht konnte mir einer dieser Jungs erzählen, was mit Kai passiert war, warum er nicht mehr spielte. Aber das konnte ich Kai nicht antun. Wenn er wollte, dass ich es erfuhr, würde er mir es schon selbst sagen.

»Warum kommst du nicht wieder zu uns, Mann?«, hörte ich eine tiefe Stimme fragen. »Das hier ist doch nichts für dich! Vergiss einfach, was passiert ist. Kein Mensch erinnert sich mehr daran.«

»Doch, ich«, sagte Kai. »Ich erinnere mich an alles.« Er drehte sich um, um zu mir zurückzulaufen. »Ich muss wieder an die Arbeit, Jungs. Aber wir bleiben in Verbindung. Ich denk drüber nach, okay?«

»Yeah, denk drüber nach, Kumpel«, sagte der Größte in der Gruppe und schlug Kai auf die Schulter.

»Wir vermissen dich, Kai«, schrie ein anderer.

Kai lief zu mir zurück, und auf seinem Gesicht war ein Ausdruck von Schmerz.

Was da im Eishockeystadion passiert war, musste mehr als ein normaler Unfall gewesen sein. Bis jetzt hatte ich geglaubt, er war hier, um sich fit zu halten, um seine Verletzung völlig ausheilen zu lassen. Jetzt aber sah die ganze Sache viel ernster aus.

Er ergriff meine Hand und zog mich über das Eis.

»Worum ging es denn da eben?«, fragte ich.

»Das waren meine alten Mannschaftskameraden.« Er sah über seine Schulter, um sicherzugehen, dass sie weg waren. »Sie sind hergekommen, um mich wieder zum Eishockeyspielen zu bewegen.«

»Und was hast du ihnen gesagt?«

»Ich bin hier, oder nicht?«, fuhr er mich an.

»Kein Grund, mir gleich den Kopf abzureißen«, gab ich zurück. »Ich hab nur eine einfache Frage gestellt. Ich meine, dir fehlt doch nichts – du bist gesund. Ich bin sicher, du könntest jederzeit zum Eishockey zurückgehen. Und deshalb kann ich einfach nicht begreifen, warum …«

»Dann lass es«, unterbrach er mich. »Du hast mir mal gesagt, ich solle mich nicht in dein Leben einmischen, also bleib gefälligst auch aus meinem heraus.«

Ich war wütend und verletzt. Aber in diesem Moment war es mir egal. Ich hatte an diesem Tag genug Stress für ein ganzes Jahr gehabt. Zuerst die Trennung von Troy und jetzt das. Ich musste hier raus. Ich musste allein sein.

Ich war auf dem halben Weg zum Umkleideraum – Tränen flossen über mein Gesicht –, als Kai meinen Arm packte. »Kirsten, entschuldige«, sagte er.

»Lass mich los. Mir reicht's. Geh bloß zurück zu deinen Eishockeytypen und lass mich mein Leben weiterleben.« In die Schluchzer mischte sich ein Schluckauf. »Ich bin besser dran ohne dich.« Die Achterbahn der Gefühle, mit der ich in den letzten Wochen dahingesaust war und die schließlich zu dem Kuss am Freitagabend geführt hatte, machte einen Looping, und der ganze Stress brach aus mir heraus wie aus einem Vulkan.

»Weine nicht«, sagte er, und wischte mir sanft die Tränen von der Wange. »Bitte weine nicht, Kirstie. Lass es mich erklären. Ich hab gedacht, ich würde Paarlauf nur machen, um die Zeit totzuschlagen ... bis etwas Besseres in Sicht kommen würde.« Er setzte mich auf eine Bank. »Aber jetzt ist alles anders. Ich will nicht mehr mit dem Eislaufen aufhören.« Seine klaren blauen Augen sahen direkt in meine. »Ich möchte hier bei dir bleiben.«

»Das ist nicht das, was du deinen Freunden gesagt hast.«

Ein Lächeln huschte über sein Gesicht. »Mann, Kirsten. Kannst du dir vorstellen, was passiert, wenn ich diesen Eishockeyfreaks erkläre, dass mir das hier Spaß macht? Ich habe auch ein Image zu verteidigen, weißt du?«

»Nee, weiß ich nicht«, sagte ich und wischte mir die Tränen mit dem Handrücken ab. »Ich weiß überhaupt nichts über dich ...«

»Du weißt, wie toll es war, mich zu küssen.«

Er dachte also auch, dass dieser Kuss unglaublich gewesen war?

»An dem Abend bin ich stundenlang im Auto durch die Gegend gefahren. Ich hab mir dauernd gesagt, dass ich mich auf gar keinen Fall mit dir einlassen könnte.« Er lächelte mir zu, und ich konnte nicht anders, als zu bemerken, wie toll er aussah mit seinen Lachfältchen in den Augenwinkeln.

»Ich dachte, dass das eh keine Zukunft haben würde, so, wie du mich fandest. Dass du alles an mir hasst …«

»Ich hasse dich nicht mehr«, sagte ich. Es war kaum mehr als ein Flüstern. »Ich wollte dich nicht mögen, Kai. Seit dem Tag, an dem wir uns zum ersten Mal getroffen haben, bist du mir ohne Ende auf die Nerven gegangen. Aber ich kann nicht anders. Und der Kuss … nun, ich war nicht darauf vorbereitet, wie ich mich dabei fühlen würde.«

»Wie hast du dich denn gefühlt?«

»So wie nie zuvor in meinem Leben.«

Er nahm meine kalten Finger in seine starken, warmen Hände. »Ich mich auch«, sagte er. »Genau wie an dem Tag, an dem wir zum ersten Mal zur Musik gelaufen sind … fast als ob über uns irgendein Zauber lag.«

Ich nickte. »Genauso ging es mir auch.«

»Wenn es ein Zauber ist«, sagte er sanft und rückte näher an mich heran … so nah, dass ich seinen heißen Atem auf meinem Gesicht fühlen konnte, als er weitersprach, »dann will ich nicht, dass er aufhört. Du etwa?«

Ich schüttelte den Kopf. Ich konnte kaum etwas sagen, mit Kais Lippen so nah an meinen und mit dem warmen Strom, der von seinen Händen in meinen Arm lief.

»Kai? Kirsten? Wo seid ihr denn nun schon wieder abgeblieben?«, kam Vladimirs donnernde Stimme über das

Eis gehallt. Der Zauber war gebrochen. »Keine Albernheiten während des Trainings. Ich möchte, dass ihr sofort hierher kommt.«

Kai drückte meine Hand. »Ich bin gleich wieder da«, flüsterte er. »Bleib, wo du bist.«

Aber Vladimir kam bereits zu uns. »Was geht hier vor?«, fragte er. »Warum seid ihr nicht auf dem Eis?«

»Kirsten hat sich aufgeregt«, erklärte Kai. »Ich würde sie gern nach Hause bringen.«

»Aufgeregt? Worüber? Hast du sie schon wieder geärgert?«, fragte Vladimir vorwurfsvoll.

»Ich bin schon wieder okay.« Ich stand auf und schluckte die letzten Tränen hinunter. »Mir geht's gut.«

»Nach meiner Uhr habt ihr noch zwanzig Minuten Training.« Vladimir sah mich fest an, um herauszufinden, was vorgefallen war. Er musste denken, dass Kai und ich uns gestritten hatten. Es war offensichtlich, dass ich geweint hatte.

»Könnten wir nicht dies eine Mal etwas früher aufhören?«, bat Kai. »Wir haben Freitag extra länger trainiert, um die Todesspirale hinzukriegen.«

»Und bist du sicher, dass Kirsten will, dass du sie nach Hause fährst?«

Ich nickte.

Ein Lächeln zog über Vladimirs Gesicht. »Hoho!«, sagte er laut und klatschte sich mit seiner großen Hand gegen den Oberschenkel. »Meine Ahnung hat mich noch nie getrogen!«

»Wovon reden Sie, Vlad?«, fragte Kai.

»Ich hatte Recht, oder etwa nicht?«, sagte Vladimir.

»Chemie! Es klappt jedes Mal. Okay, geht schon los, ihr beiden. Meinen Segen habt ihr.« Er scheuchte uns hinaus. »Aber seid morgen früh pünktlich.«

Dann watschelte er zurück aufs Eis und ließ Kai und mich stehen. Wir starrten einander an.

»Er ist ein zahmes Kätzchen geworden«, sagte ich.

Kai grinste. »Er freut sich eben, dass er mit uns richtig gelegen hat«, sagte er. »Er hat von Anfang an gewusst, dass wir uns zusammenraufen würden. Deswegen hat er gewollt, dass wir zusammen laufen.«

»Ich weiß nicht, woher er wissen konnte, dass du und ich jemals miteinander auskommen würden«, sagte ich. »Wir haben uns doch nur gestritten. Du musst zugeben, dass du eine super Nervensäge warst.« Ich grinste ihn an.

»Und du musst zugeben, dass du dich wie die Königin aller Eisbahnen aufgeführt hast«, konterte Kai. Er machte eine Pause. »Ich weiß, dass es nicht leicht war, mit mir umzugehen. Ich glaube, dass ich eine ganze Zeit einfach nur wütend auf die ganze Welt war – hauptsächlich wütend auf mich selbst. Und Paarlauf war das Letzte, was ich machen wollte.«

»Und jetzt?«, flüsterte ich.

»Jetzt habe ich das Gefühl, dass es okay sein wird«, sagte er. Er berührte meinen Arm. »Zieh dich um, und ich fahr dich nach Hause.«

Kapitel 12

Ich rannte in den Umkleideraum, schleuderte die Schlittschuhe in die Ecke und zog Jeans und Sweatshirt an. Ich kämmte mir die Haare vor dem Spiegel und wünschte, ich hätte etwas Make-up dabei. Dann rief ich meine Eltern von der Telefonzelle in der Eingangshalle an und sagte ihnen, dass ich heute später kommen würde. Dann verließ ich die Eishalle.

Ich konnte Kai gar nicht verfehlen mit seinem verbeulten Camaro. Der Wagen war schwarz, mit rotgelben Flammen auf beiden Seiten. Der Lärm des laufenden Motors war ohrenbetäubend, und aus dem Auspuff kam dicker, schwarzer Rauch.

»Also gibt es dich wirklich außerhalb der Eisbahn«, sagte ich, als ich auf den Beifahrersitz kletterte. »Das ist das erste Mal, dass ich dich ohne Schlittschuhe sehe.«

»Und, wie gefällt dir das? Seh ich besser aus ohne Schlittschuhe?«, fragte er mich und grinste wieder sein typisches Grinsen.

Ich wusste nicht, was ich ihm antworten sollte. Jetzt, da ich allein mit Kai war, war es mir unmöglich, klar zu denken. »Wird es diese Mühle bis zum Restaurant schaffen?«, fragte ich, um das Thema zu wechseln. »Ich verhungere gleich.«

Kai fuhr mit quietschenden Reifen los. »Kein Problem. Dieses Baby hat mich millionenmal nach Squaw Valley und zurück gefahren, als ich noch Zeit zum Skilaufen hatte.«

»Ich laufe gern Ski.«

»Wir könnten hinfahren, wenn wir die Regionalmeisterschaften gewonnen haben.«

»Falls wir die Regionalmeisterschaften gewinnen, werden wir uns auf die Landesmeisterschaften vorbereiten müssen. Wir dürfen nicht riskieren, uns zu verletzen.«

»Aber das ganze Leben ist ein Risiko«, sagte er.

Wir verließen den Parkplatz und Kai drückte mächtig aufs Gaspedal. Die Verkehrszeichen rauschten mit atemberaubender Geschwindigkeit vorbei.

»Aber riskier nicht zu viel, wenn ich bei dir im Wagen sitze!«, warnte ich ihn und hielt mich an der Halteschlaufe fest.

Er lachte. »Keine Sorge. Ich bin ein absolut guter Fahrer. Wenn ich berühmt bin und meine erste Million zusammen habe, werde ich mir als Erstes einen teuren Sportwagen kaufen. Wahrscheinlich einen Ferrari.«

»Aber du kannst diese alte Karre nicht wie einen Ferrari fahren«, sagte ich. »Ich würde mein Abendessen gerne mit heilen Knochen einnehmen, wenn's recht ist.«

Ich hörte ihn seufzen, als er wieder zur Normalgeschwindigkeit zurückkehrte.

»Wenn du irgendetwas machen willst, musst du es voll und ganz machen. Die Dinge haben nur dann Sinn, wenn sie Spaß machen. Das ist jedenfalls mein Motto.«

»Hat Eishockey dir keinen Spaß mehr gemacht?«, fragte ich ruhig. »Hast du deswegen aufgehört?«

»Ich bin verrückt nach Eishockey. Ich werde immer verrückt danach sein. Ich kann nur nicht mehr spielen.«

»Warum nicht?«

»Ich kann noch nicht darüber reden. Eishockeyspielen ist für mich gestorben, okay?«

»Okay«, sagte ich und atmete tief durch. Aber ich war entschlossen, die Wahrheit herauszufinden, bevor der Abend um war.

Wir fuhren auf der Autobahn in Richtung San Francisco. Die Silhouette bestand immer mehr aus Wolkenkratzern, als wir um Hospital Curve herumfuhren.

»Wir gehen in die Stadt essen? Das ist toll.« Ich drehte mich in meinem Sitz um, um ihn anzusehen. Ich betrachtete sein dunkelblondes Haar. Ich mochte die Art, wie seine Augen leuchteten, wenn er lachte … die Art, wie ihm eine Haarsträhne immer fast in die Augen fiel.

Wir bogen von der Autobahn ab, fuhren durch das Bankenviertel und kurvten durch ein Labyrinth von kleinen Straßen. Ich wusste überhaupt nicht mehr, wo wir waren.

»Bist du sicher, dass du weißt, wo es hingeht?«, fragte ich vorsichtig, als wir in eine enge Seitenstraße einbogen.

»Vertrau mir«, sagte Kai.

»Warum sollte ich?«, fragte ich lächelnd.

Er nickte. »Tu's einfach«, sagte er ruhig. »Außerdem hast du jetzt sowieso keine Wahl mehr.« Er rangierte den Camaro zwischen zwei Mülltonnen. »Ich stell den Wagen hier ab.«

»Hier?« Meine Stimme zitterte. Wo brachte Kai mich hin? Dies sah mir nicht wie ein Restaurantviertel aus. Mein Herz raste vor Angst. War dies etwa wieder einer von seinen

Witzen, oder was? Kai hielt mir galant seine Hand hin, als er vorsichtig die Wagentür öffnete. »Mir nach«, sagte er, als wir die Straße hinuntergingen.

Am Ende der Straße führte mich Kai eine Treppe hoch. Ich fürchtete, dass er mich in einen zwielichtigen Nachtclub bringen würde; daher war ich angenehm überrascht, als er eine große rote Tür mit einem geschnitzten Drachen aufstieß. Wir kamen in ein chinesisches Restaurant. Wenigstens glaubte ich, dass es ein chinesisches Restaurant war. Es roch sehr lecker, aber ich sah keine Tische. Der ganze Raum bestand aus kleinen Nischen, die aussahen wie die Umkleidekabinen in Hallenbädern.

In dem Moment kam die Oberkellnerin und gab uns ein Zeichen, ihr zu folgen. Sie öffnete die Tür zu einer der Nischen und ließ uns eintreten. Innen gab es einen Tisch und zwei Stühle. Sie schloss die Tür hinter uns. Wir waren vollkommen allein.

»Ist das nicht niedlich?«, fragte Kai. Er lehnte sich herüber und berührte meine Hand. Kai hielt meine Hand jeden Tag für ungefähr fünf Stunden, aber trotzdem fühlte sich es diesmal anders an. Lag es an den köstlichen Düften, die in unser Separee wehten ... oder daran, dass meine Hände ausnahmsweise nicht froren? Es war aber auch egal. Ich mochte es, aus was für Gründen auch immer.

Ein Kellner kam und brachte uns Tee und die Speisekarte. Die Karte war auf der einen Seite in chinesischer Schrift geschrieben, auf der anderen in Englisch. Kai deutete mit beeindruckender Geste auf die chinesisch geschriebene Seite. »Wir hätten gerne dies hier, und dies, und eins von diesen«, sagte er mit selbstbewusster Miene.

»Sehr wohl, der Herr«, sagte der Kellner. Er verbeugte sich und ließ uns in unserem Zimmerchen allein.

»Du kennst dich ja wirklich aus mit chinesischem Essen«, sagte ich. »Ich bin beeindruckt. Ich wusste nicht, dass du Chinesisch kannst.«

Er lächelte mit Verschwörermiene. »Ich verrate dir ein Geheimnis. Ich hab einfach irgendwohin gezeigt. Ich bin gespannt, was er uns auftischen wird.«

»Kai! Wenn das nun irgendetwas ganz Komisches ist? Schwalbennester oder Haifischflossen oder so was?«

»Entspann dich, Kirstie. Nimm es als ein Experiment.« Er lehnte sich in seinem Stuhl zurück. »Wenn du mit mir zusammen bist, musst du dich daran gewöhnen, dass es gefährlich wird.«

»Es war die ganze Zeit gefährlich, seitdem ich dich getroffen habe. Immer zwei Meter über dem Eis.«

»Aber es hat doch Spaß gemacht, oder nicht?«, fragte er ernst. Seine Augen blickten genau in meine.

»Manchmal«, gab ich zu, und sah ihn nervös an.

Der erste Gang wurde aufgetragen – ein riesiger Berg Glasnudeln. Kai nahm etwas mit den Stäbchen. Ich machte es ihm nach. Die Nudeln waren knusprig gebraten und etwas salzig.

»Die Nudeln waren ziemlich klasse«, sagte Kai, als der Kellner uns unter anderem einen Teller mit dünn geschnittenem Fleisch hinstellte.

»Das keine Nudeln. Das Tintenfisch«, sagte der Kellner.

»Tintenfisch!« Ich spuckte aus, was ich noch im Mund hatte, und wischte mir die Lippen mit meiner Serviette ab.

Kai lächelte nur zufrieden. Sobald der Kellner wieder

gegangen war, lachte er laut los. »Ich kann's nicht glauben, dass wir Tintenfisch essen, Kirsten. Ich frage mich, was für Überraschungen uns als Nächstes erwarten.«

»Ich engagiere dich als königlichen Vorkoster«, bot ich ihm an. »Wenn du etwas isst und dich nicht übergeben musst, werde ich es vielleicht auch versuchen.«

»Vielen Dank, wirklich.«

»Du hast dieses Zeugs bestellt«, erinnerte ich.

»Okay. Ich bin ja nicht aus Zucker. Pass auf. Ich werde jetzt dieses Fleisch probieren. Guckst du zu?« Kai nahm etwas von dem Fleisch in seinen Mund. Dann wurden seine Augen ganz groß und er hustete.

»Was ist los?«, fragte ich. »Was ist das?«

Kai massierte sich den Hals und stöhnte.

»Kai! Was ist los?«

»Nichts! Schmeckt absolut gut. Reingefallen!« Jetzt wär er beinahe richtig erstickt, aber vor Lachen. Dann nahm er eine große Garnele von einem der anderen Teller und fütterte mich. Ich fühlte, wie ich rot wurde. Es war schön, mit Kai zusammen zu sein. Er schaffte es, dass ich mir vorkam wie etwas ganz Besonderes ... und das war genau das, was ich in dem Moment brauchte.

Ich versuchte schnell, eine andere Garnele mit den Stäbchen zu greifen, aber ich schaffte es nicht. »Kannst du mir zeigen, wie man das macht, Kai? Bitte.«

»Nichts leichter als das«, sagte er. »Zuerst nimmst du die Stäbchen so.« Er legte die Stäbchen in meine Hand, und ich entspannte mich bei seiner sanften Berührung. »Und dann kannst du sie so öffnen und wieder schließen.« Er demonstrierte die Bewegung. Ich konnte meine Augen nicht von seinem Blick lösen. »Jetzt nimmst du ein Stück von der Frühlingsrolle, tauchst es vorsichtig in die Sojasauce, und …« Als er das Essen langsam zu seinem Mund führte, fühlte ich, wie meine Lippen sich danach sehnten, seine zu berühren. Wieder diese warmen Lippen auf meinen zu fühlen. Dann, gerade als er einen Bissen nehmen wollte, rutschte die Frühlingsrolle aus den Stäbchen und landete auf seinem Schoß.

»Autsch, das Ding ist ja heiß!«, rief er, und beeilte sich, es wieder auf den Teller zu tun.

»Sehr gute Demonstration«, sagte ich und atmete kurz durch. »Kann ich das noch mal sehen? Ich hab den letzten Teil nicht so ganz mitbekommen«, lachte ich, und hoffte, dass er nicht bemerken würde, dass meine Wangen ganz rot waren.

Er verzog das Gesicht. »Ich weiß nicht, was schief gelaufen ist. Normalerweise bin ich Experte im Essen mit Stäbchen. Okay, noch einmal mit Gefühl.« Er nahm die größte Garnele, führte sie zum Mund, und … sie fiel genau in seine Tasse, sodass der Tee auf sein Sweatshirt schwappte.

Ohne mit der Wimper zu zucken sah er mich ernst an. »Die wirklichen Kenner chinesischer Esskultur spülen ihre Garnelen immer erst mit Tee ab, bevor sie sie essen.« Er lachte laut.

Ich sah Kai zu, wie er sich mehr Fleisch auftat – diesmal mit einer Gabel. Er war so anders als alle Jungs, die ich kannte. Er hatte keine Angst, ein Risiko einzugehen oder sich zum Trottel zu machen. Es war, als ob ich Kai zum ersten Mal sah … dass ich wirklich die Person sah, die er in seinem Inneren war. Und mir gefiel, was ich sah. Heute Abend war Kai nicht der eingebildete Eishockeyfreak, der sich für zu cool hielt, um ein Paarläufer zu werden. Er war ein süßer, sensibler junger Mann.

Die Abgeschlossenheit dieses privaten Zimmerchens gab mir den Mut, etwas tiefer zu bohren. »Kai, was ist gewesen, wieso ist nichts aus deiner Eishockeykarriere geworden?«

Es gab kein Geräusch in unserer Nische. Er sah auf seinen Teller, und dann fing er an. »Ich weiß nicht, was du bisher gehört hast.«

»Es gab einen Unfall im Eishockeystadion.«

»Tja, ein Unfall. Aber er ist nicht mir passiert«, erklärte er und sah mich direkt an. »Ich war ein ziemlich guter Eishockeyspieler. Eigentlich einer der besten«, sagte er, aber ohne jede Spur der sonst üblichen Angeberei. »Aber an dem bewussten Tag war ich völlig daneben. Die Art von Tag, wo man nichts, aber auch gar nichts zustande bringt, weißt du?«

Ich nickte. Und wie ich diese Art von Tagen kannte.

»Ich habe jedes Mal vorbeigeschossen. Und in der anderen Mannschaft war dieser Kerl. Ein Großmaul. Jedes Mal, wenn ich irgendwas verbockte, kam er mit einem Spruch. Du kennst ja diese Art. ›Du bist doch so toll, Bergstrom. Wie kommt es dann, dass du ständig vorbeischießt, heh? Du bist so lahm. Brauchst du eine Brille, oder was? So ein Weichei …‹« Kai verzog das Gesicht, als er diesen Kerl nachahmte.

»So ging es das ganze Spiel über. Ich bin immer wütender geworden. Und dann kam meine Chance. Wir rannten dem Puck hinterher und kamen zur gleichen Zeit an die Bande. Und dann machte ich einen Bodycheck – ich nahm meinen ganzen Körper, um den Typen an die Bande zu quetschen. Beim Eishockey ist das ganz normal. Aber das war der absolute Bodycheck. Ich hab ihn mit aller Kraft gegen die Bande gefetzt. ›Bin ich immer noch ein Weichei, Kumpel?‹, hab ich ihm ins Ohr geflüstert. Aber der Kerl hat mich nur angesehen, den Kopf geschüttelt und ist vom Eis geschlichen. – Versteh mich nicht falsch. Bodychecks sind erlaubt.« Kai sah nach unten. »Ich hab nur gemacht, was der Trainer uns beigebracht hatte. Ich hatte nicht bedacht, dass er im falschen Winkel an die Bande fliegen würde. Ich wollte nicht, dass er verletzt wird – seine Rippen sind gebrochen und haben ihm die Lunge durchbohrt …«

»Oh, Kai, das ist ja furchtbar«, sagte ich und streckte die Hand aus, um ihn zu trösten. Seine Hände, sonst immer so locker, waren völlig verkrampft.

Er nickte. »Eine Zeit lang dachten sie, dass er sterben würde. Er wurde wieder gesund, aber er wird nie mehr Eishockey spielen können. Und ich … ich werde auch nie wieder Eishockey spielen.« Kai zog seine Hand weg.

»Warum nicht? Es war nicht deine Schuld.«

Er schüttelte den Kopf. »Das spielt keine Rolle. Ich habe fast jemanden umgebracht. Ich wurde gesperrt wegen unsportlichen Verhaltens. Jeder im Stadion gab mir die Schuld für das, was passiert war. Alle dachten, ich hätte es absichtlich gemacht … und tief in mir fragte ich mich, ob das nicht stimmte.« Diesmal nahm Kai meine Hand. »Vielleicht wollte ich ihn wirklich so schwer verletzen. Darum hab ich die Mannschaft verlassen und bin nie wieder zurückgekehrt. Die anderen in der Crew waren echt nett zu mir. Sie haben mich besucht und gesagt, Unfälle passieren nun mal.

Und sie haben mich gebeten zurückzukommen. Aber ich konnte nicht.«

»Warum nicht? Es war doch nur ein tragischer Unfall.«

Er sah runter auf unsere Hände und sprach sehr langsam. »Weil ich Angst habe, dass ich wieder so wütend werden könnte und dabei wirklich jemanden umbringen würde. Ich weiß, dass ich die Kraft habe, jemanden schwer zu verletzen, Kirsten. Und damit kann ich nicht fertig werden.«

Lange Zeit herrschte Schweigen. »Ich weiß, dass mit mir nicht leicht auszukommen war«, sagte er endlich. »Ich bin so wütend gewesen, so frustriert. Ich hatte schon mein ganzes Leben geplant und dann wusste ich plötzlich nicht mehr, was ich wollte. Kannst du mir verzeihen, dass ich so ekelhaft gewesen bin?«

»Natürlich verzeihe ich dir«, sagte ich und drückte seine Hand. »Aber du musst lernen, dir selbst zu verzeihen, Kai. Du kannst das nicht ungeschehen machen, aber du kannst darüber wegkommen und dein Leben weiterleben. Du kannst wieder Spaß am Eislaufen bekommen und dich auf die Zukunft freuen.«

Er sah mich an, seine Augen strahlend vor Hoffnung. »Ich glaube, das lerne ich gerade«, sagte er. »Paarlaufmeister ist kein schlechter Titel, oder nicht?«

»Machst du Witze? Ich kann mir keinen besseren vorstellen.«

»Ich bin froh, dass du diesen Dreifachsprung nicht hingekriegt hast, Kirsten Hayes«, sagte er mit heiserer Stimme. »Sonst wären wir nie zusammen gelaufen.« Er sah mich besorgt an. »Bist du traurig, keine Einzelläuferin mehr zu sein?«

Ich lächelte ihn zärtlich an. »Einzelläufer kriegen selten die Chance, zwei Meter über dem Eis durch die Luft zu fliegen. Das ist ein absolut unglaubliches Gefühl. Und sie landen auch nicht in deinen Armen.«

Kai kam um den Tisch herum und setzte sich neben mich. Er kam näher ... sehr nahe. Und seine Lippen waren nur Zentimeter von meinen entfernt, als er flüsterte: »Ich bin so froh, dass wir heute Abend hierher gegangen sind. Ich weiß gar nicht, warum ich so lange gewartet habe, dir zu sagen ...« Aber er beendete den Satz nicht.

Plötzlich prallten unsere Lippen zu einem erdbebenartigen Kuss aufeinander. Kais Lippen waren warm und gierig, als sie auf meine trafen.

Ich kann nicht sagen, wie lange wir in diesem Separee saßen, uns unterhielten und lachten und uns küssten. Ich lernte so viel über Kai an diesem Abend. Zum ersten Mal öffneten wir uns beide. Ich erzählte ihm sogar von meiner Trennung von Troy.

Der Tag hatte angefangen als der schlimmste, den ich je gehabt hatte. Und am Ende wurde es der großartigste Tag meines Lebens. An dem Tag begann ich ernsthaft, mich in Kai zu verlieben.

Kapitel 13

Der Dienstag war gleichzeitig unerträglich und völlig erstaunlich. In der Schule war es furchtbar. Als ich durch die vertrauten Gänge ging, hörte ich überall Flüstern und Getuschel; jedes Mal, wenn ich Troy oder einem seiner Mannschaftskameraden begegnete, fühlte ich eine Spannung, dass ich meinte, ich müsste explodieren. Es hatte sich offensichtlich herumgesprochen, dass Troy und ich Schluss gemacht hatten. Und es überraschte mich nicht, dass ich Tanya Schmidt kichernd und flirtend mit Troy an seinem Spind stehen sah. Sie hatte wirklich keine Zeit verschwendet. Ich aber auch nicht, merkte ich. Normalerweise hätte mich so ein Anblick völlig aufgeregt. Aber dies war eben keine normale Woche. Dies war die Woche, in der alles, was ich mir wünschte, wahr wurde.

Zwischen mir und Kai hätten die Dinge an diesem Morgen nicht besser sein können. Wir waren jetzt völlig aufeinander eingespielt, auf dem Eis genauso wie draußen. Am Dienstagnachmittag stand ich an der Seite der Eisbahn und machte meine Dehnübungen. Das Eis sah brandneu aus, als wäre der Zamboni gerade eben fertig geworden. Ich war die erste Läuferin. In der Halle war es ganz ruhig. Es waren nur wenige Lampen an und die Eisfläche lag fast im Schatten. Als ich meine Aufwärmübungen mit einem hohen Sprung beendete, hallte das Kratzen der Kufen durch das riesige Rund. Aus dem Augenwinkel sah ich einen anderen Läufer kommen. Kai.

Er sah selbstbewusster und lockerer aus als jeder andere Oberstufenschüler, den ich kannte. Er trug ein Paar abgetragene graue Trainingshosen und ein dunkelblaues Sweatshirt. Und er sah noch besser aus als sonst.

Kai hielt mir die Hand hin und führte mich schweigend in die Mitte der Eisfläche. Seine Hand war warm und trocken und sicher, und ich fühlte mich sicher ... geborgen ... mit ihm auf dem Eis. Unsere Hände immer noch verschränkt, liefen wir in perfekter Einheit über das Eis.

»Du bist wunderschön, Kirsten«, flüsterte Kai, als wir eng aneinander fuhren.

Ich lächelte nur und wurde rot. Ich war noch nicht gewöhnt an den neuen Kai, den netten, sanften Kai. Um meine Verlegenheit zu überspielen, lachte ich und sagte: »Danke.«

Kai hielt inne, um sein blaues Sweatshirt auszuziehen. Darunter trug er ein graues, langärmliges T-Shirt. Er warf sein Sweatshirt auf die Sitzreihen; dann nahm er wieder meine Hände.

»Zusammen können wir alles schaffen«, sagte er, als wir rückwärts fuhren und Tempo aufnahmen.

Sein Selbstvertrauen war ansteckend, als ich so neben ihm herlief. »Weißt du, Kai, ich glaube, du hast Recht.« Und das meinte ich auch so.

Seitdem wir angefangen hatten, zusammen zu laufen, machten wir unglaubliche Fortschritte.

Am Anfang war es mir schwer gefallen, mich daran zu

gewöhnen, mit jemandem zusammen zu laufen … und mich mit Kais ständigem schlechten Benehmen herumzuärgern. Und jetzt war alles so normal. Jetzt konnte ich mir gar nicht mehr vorstellen, allein zu laufen. Es wäre, als ob mir eine Hälfte fehlte.

»Natürlich habe ich Recht«, sagte Kai, als wir uns auf die Stemmhebung vorbereiteten. »Und wir werden es den Preisrichtern zeigen bei den Regionalmeisterschaften.«

Ich landete ohne Probleme auf dem Eis und glitt leicht in meine geliebten Tanzschritte. Es geschah alles so natürlich, so vollkommen. Ich konnte ein Lächeln nicht unterdrücken.

Die Art, wie Kai meine Hand drückte, zeigte mir, dass er sich genauso fühlte.

»Hi, Kirsten«, rief Alice, als sie am Mittwochmorgen zu mir aufs Eis fuhr. Sie trug einen unglaublich heißen pinkfarbenen Einteiler mit elektrisierenden violetten Streifen.

Kai und ich hatten gerade einen Durchgang durch unsere Kür ohne Musik hinter uns gebracht und machten eine kleine Pause, um wieder zu Atem zu kommen.

»Hey, Alice. Du hast toll ausgesehen da draußen.« Alice war so elegant und stark. Und ich hatte gesehen, dass sie ihre Dreifachen immer und immer wieder geschafft hatte.

»Du machst wohl Witze«, sagte sie und wischte sich das Eis von den Kufen. »Ich bin so nervös vor dem Wettkampf. Ich habe draußen in der Eingangshalle gerade das Poster für die Regionalmeisterschaften gesehen und die totale Panik gekriegt. Die Anspannung macht mich noch völlig fertig.«

»Juhu, Alice, Liebling«, ertönte eine nervtötend bekannte Stimme.

»Diese Frau kann einfach nicht zuhören«, sagte Alice und sah wütend in die Richtung, aus der die Stimme gekommen war. »Vlad hat sie gebeten, nicht mehr zum Training zu kommen, und trotzdem ist sie wieder da.« Alice machte wirklich den Eindruck, als würde sie allmählich zusammenbrechen.

Ich sah, wie Vladimir Alice bei der Schulter fasste und mit ihr zu Ms Attwood hinüberging. Sie fingen an, zu diskutieren, aber nicht laut genug, dass ich etwas hören konnte. Nach ein paar Minuten zuckte Vladimir die Schultern und drehte sich um. Sein Mund war eine einzige harte Linie.

»Bist du nicht froh, dass du nicht solche Eltern hast?« Kai hatte sich angeschlichen und küsste mein Ohr, als er mir das zuflüsterte.

Ich kicherte. Der Kuss kitzelte meinen ganzen Kopf. »Ja. Eislaufmeisterschaften sind schon hart genug, auch ohne den Druck, den Alice von ihrer Mutter kriegt.«

Kai schien überrascht. »Du glaubst wirklich nicht, dass wir unter besonders viel Druck stehen werden, oder? Ich kann es gar nicht abwarten, dem Publikum so richtig einzuheizen bei den Regionalmeisterschaften. Beim Eishockey habe ich die Massen geliebt.«

»Dir macht es einfach Spaß, im Mittelpunkt des Interesses zu stehen«, sagte ich und lächelte ihn an.

»Solange ich im Mittelpunkt *deines* Interesses stehe, kann ich sowieso nichts falsch machen.«

Für den Rest der Woche waren die Regionalmeisterschaften der Pazifikküste für alle das einzige Thema. Und als ich das amtliche Plakat in der Eingangshalle zwischen den Umkleideräumen hängen sah, fühlte ich einen ganz eigenartigen Schauer über mich hinweglaufen.

Regionalmeisterschaften
Pazifikküste
10. – 12. Januar.

Am 12. Januar würden Kai und ich auf dem Weg zu den Landesmeisterschaften sein!

Aber am Donnerstagnachmittag sah alles ganz anders aus. Kai war wieder so launisch und unberechenbar wie früher, und wir liefen an diesem Tag wie Amateure. Bewegungen, die vor ein paar Tagen so einfach gewesen waren ... so magisch, schienen plötzlich unmöglich zu sein.

Als Kai mich das vierte Mal hintereinander fallen ließ, fuhr ich ihn wütend an. »Was ist denn mit dir los, Kai? Wenn das so weitergeht, wird es keinen Zentimeter an meinem Körper geben, der nicht grün und blau ist. Es kommt mir beinahe so vor, als wenn du mich mit Absicht fallen lässt.«

»Bleib auf dem Teppich, Kirsten.« Er half mir auf die Beine. »Warum sollte ich dich absichtlich fallen lassen? Zu einer Hebung gehören immer zwei, weißt du?«

»Was redest du denn da? Willst du etwa andeuten, dass es meine Schuld ist, dass ich heute so viel auf dem Eis sitze?« Ich wischte mir Eiskrumen von meinen schmerzenden Beinen und sah ihm direkt ins Gesicht.

Irgendetwas war heute mit Kai anders. Der selbstbewusste, selbstsichere Junge, in den ich mich verknallt hatte, war weg. An seiner Stelle war wieder der wütende, ängstliche Kai, den ich vor so vielen Wochen getroffen hatte. Was war passiert zwischen der Vollkommenheit von Montagabend und dem Elend heute? Warum diese plötzliche Veränderung?

Aber Kai gab mir nicht die Möglichkeit, das herauszufinden.

»Selbsterkenntnis ist der beste Weg zu Besserung«, sagte er, als er vom Eis fuhr.

Freitagmorgen kam Kai erst am Ende des Trainings. Vladimir hatte den ganzen Morgen vor Wut geschäumt und mich an meinen Pirouetten und Sprüngen arbeiten lassen, während wir auf Kai warteten.

In dem Moment, wo ich Kai sah, der in Jeans und einer braunen Lederjacke an der Bande stand, wusste ich, dass etwas verkehrt war – völlig verkehrt.

Kai winkte mich mit der Hand zu sich herüber. »Kirsten, ich muss mit dir reden.«

Ich lief zum Eingang der Eisfläche, trat auf die Gummimatte und setzte mich auf die Bank. »Dann rede.«

»Ich habe die ganze Nacht wach gelegen und überlegt«, sagte Kai und ging vor mir auf und ab. »Es fällt mir nicht leicht, dir das zu sagen, aber ... nun, Kirsten, es tut mir wirklich Leid, aber ich glaube nicht, dass ich das hier weitermachen kann. Eiskunstlauf ist einfach nicht mein Ding.« Er zog seine Jacke aus, warf sie auf die Bank neben mich und ging weiter auf und ab. »Ich hab's versucht und versucht, aber letztendlich ist das kein Sport für mich. Ich kann nicht bei den Regionalmeisterschaften starten. Ich werde nicht starten. Es tut mir Leid, wenn ich dich hängen lasse ...«

Ich öffnete den Mund, bereit zum Kampf, aber es kamen einfach keine Worte heraus. Ich starrte ihn nur völlig verwirrt an. »Was ...«

»Ich hab es mir anders überlegt«, sagte er. Er klang jetzt entschlossener. »Du hast wahrscheinlich genug Zeit, einen anderen Partner zu finden. Du bist eine so tolle Läuferin, ich bin sicher, Vladimir wird jemanden finden, der besser ist als ich.«

»Du hörst also auf? Du lässt mich jetzt einfach so hängen?«

»Ich habe keine Wahl.« Er blieb stehen. »Ich will nicht bei Meisterschaften starten, und damit Schluss. Du kannst mich nicht zwingen zu laufen.«

Glühendheiße Wut kochte in mir hoch. »Ich habe dir vertraut, Kai!«, schrie ich, und es war mir egal, ob mich jemand hörte. »Und jetzt ziehst du den Schwanz ein? Findest du, du bist zu cool für Paarlauf? Und was war das von wegen Risiko eingehen? Ich dachte, du hättest gesagt, das sei das, worum es im Leben geht. Das waren *deine* Worte, Kai, nicht *meine*.« Ich brodelte jetzt vor Wut. »Haben dich deine Eishockeyfreunde wieder besucht? Ich hatte gedacht, du wärst darüber weg. Und was ist mit mir? Mit uns? Zählen wir überhaupt nichts?«

»Natürlich zählen wir«, sagte er. »Es ist nur, dass ... zwing mich nicht, diese Meisterschaften zu laufen!«

»Warum nicht?«, fragte ich. Tränen brannten auf meinen Wangen. »Jedes Mal, wenn in deinem Leben etwas danebengeht, haust du ab. Warum sagst du mir nicht die Wahrheit? Hab ich nicht ein Recht darauf zu wissen, was los ist?«

»Es hat keinen Zweck«, sagte er bitter. »Es ist etwas, von dem ich weiß, dass ich damit nicht fertig werde.«

»Ich hab gedacht, du wärst Mr Cool, der Mensch, der nie nervös wird, egal wie groß das Publikum ist!«, schrie ich. »Ich weiß nicht, was hier abgeht, aber du hast dich verpflichtet, Kumpel. Du lässt nicht nur dich selbst hängen – du lässt mich hängen. Ich glaube, ich hab mich geirrt, als ich dachte, ich hätte jemand Besonderen gefunden. Du bist genau wie jeder beliebige andere Typ. Wenn die Sache richtig ernst wird, rettet ihr zuerst mal euch selbst. Junge, war ich blöd. Und zu glauben, ich könnte mich in dich verlieben …«

Er tat einen Schritt auf mich zu und streckte seine Arme aus, als wolle er mich an den Schultern fassen. »Kirsten, hör zu, ich …«

Aber ich wollte seine lahmen Entschuldigungen nicht hören. Ich rannte in den Umkleideraum, ließ mich auf die Bank fallen und heulte.

Kapitel 14

Vladimir hatte vorgeschlagen, dass ich mir ein paar Tage freinehmen sollte. Ich musste mit meinen Eltern reden, mir überlegen, was ich wegen Kai tun wollte, und ihm dann meine Entscheidung mitteilen.

Welche Wahl hatte ich überhaupt?

Möglichkeit A war, zurück zum Einzel zu gehen – aber ich wusste, dass ich den dreifachen Toeloop niemals schaffen würde. Und ohne diesen Sprung hätte ich nie eine Chance auf Gold.

In den ganzen Wochen, in denen wir als Paar zusammengearbeitet hatten, waren die Dinge verbessert worden, in denen ich vorher schon gut gewesen war – Pirouetten, Beinarbeit und die gefühlvolleren, poetischen Bewegungen. Aber meine Sprünge waren überhaupt nicht besser geworden. Und ich wollte nicht wieder zum Einzel zurück. Ich würde so einsam sein, wenn ich jetzt ohne Kai laufen müsste ... als ob eine Hälfte von mir fehlte. Es würde schrecklich sein, ein Fliegendes Kamel zu machen, ohne dass Kai sich an meiner Seite drehte.

Möglichkeit B war aber auch nicht besser: Einen anderen Partner zu finden, zu hoffen, dass es bei uns »Klick« machen würde, uns den Hintern abzuarbeiten und zu beten, dass wir genug Zeit hatten, um uns auf die Regionalmeisterschaften vorzubereiten – und ich wusste, dass die Zeit nie ausreichen würde.

Wie hatte Kai mir das nur antun können? Er hatte nicht nur unsere Chance verbockt, bei den Meisterschaften zu laufen ... er hatte auch mir selbst wehgetan.

Am Samstag ging es mir total schlecht. Ich war wütend und deprimiert zugleich. Ich hatte den ganzen Tag zusammengerollt auf meinem Bett verbracht und auf irgendeinen Geistesblitz gewartet. Es war jetzt einen Tag, neun Stunden und siebenunddreißig Minuten her, dass Kai aus meinem Leben gegangen war. Und ich hatte mich endlich zu der Überzeugung durchgerungen, dass es nichts gab, was ich dagegen machen konnte.

Ich sah mich in meinem Zimmer um. Wohin ich auch blickte, alles erinnerte mich ans Eislaufen: Pokale, dreckige Sweatshirts, Wollstrumpfhosen, die über der Stuhllehne hingen, Poster an der Wand, meine Eislauftasche und ein Haufen bunter Schnürsenkel auf dem Schreibtisch. Sofort schossen mir wieder die Tränen in die Augen. Ich hatte noch nie vorher so tiefe Hoffnungslosigkeit gefühlt. Ich nahm das Blatt, auf dem ich einen Aufsatz angefangen hatte, der Montagmorgen fertig sein musste, zerknüllte es und warf es auf den Berg ähnlicher Blätter in der Ecke des Zimmers.

Der Berg wurde immer größer. Ohne Kai funktionierte nichts; nichts war wichtig. Und was mich am meisten verletzte war die Tatsache, dass er mir nicht genug vertraut hatte, um mir zu sagen, was wirklich los war.

Ich weiß nicht, wie lange ich so gelegen und geweint habe. Ich wäre wahrscheinlich eingeschlafen, wenn es nicht an der Haustür geläutet hätte. Ich hörte gedämpfte Stimmen, dann Schritte vor meiner Zimmertür.

»Kirsten«, rief meine Mutter sanft. »Hier ist jemand, der dich sprechen möchte.«

Ich wischte mir schnell die Tränen ab. Ich hatte nur ein langes T-Shirt an; also stieg ich rasch in meine Jeans und ging langsam zur Tür.

»Hi«, sagte Kai sanft, mit einem zögernden Lächeln auf seinen Lippen. »Ich hoffe, du hast nichts dagegen, dass ich hier bin. Ich bin nur so herumgefahren und musste einfach herkommen. Ich hab einen Fehler gemacht, Kirsten.«

»Das ist ja wohl die Untertreibung des Jahres«, sagte ich, als sich meine Mutter umdrehte und wieder nach unten ging. Kai und ich standen vor meinem Zimmer. Es war komisch, in meinem Haus neben ihm zu stehen. Es war zu intim. Ich konnte meiner Gefühle nicht Herr werden, wenn meine Familie in Hörweite war. »Lass uns rausgehen.«

Ich zog die Haustür leise hinter mir zu. Wir gingen zu dem großen Pflaumenbaum im Garten und setzten uns. Unter uns auf der anderen Seite der Bucht blinkten die Lichter von San Francisco, bis ein Nebelstreif kam und sie verschluckte.

»Du hattest Recht.« Kai starrte in den Himmel. »Ich zieh den Schwanz ein und hau ab, wenn etwas Unangenehmes passiert. Das ist hart für mich«, sagte er. »Mein Vater war früher bei der Armee. Sei ein Mann und unterdrücke deine Gefühle – so bin ich erzogen worden. Jungs weinen nicht.«

Es war seltsam, aber Kai und ich hatten uns noch nie über unsere Familien unterhalten. Wir hatten nie die Gelegenheit dazu gehabt.

»Ich hab gelernt, den Mund zu halten, wenn mich etwas aufgeregt hat«, fuhr er fort. »Und wenn mir etwas wehgetan hat, hab ich so getan, als wäre es nichts. Deswegen war ich so unmöglich, als du mich zum ersten Mal getroffen hast.« Er sah mich vorsichtig an, als wär ich ein wildes Tier, das losspringen und ihn beißen könnte.

»Es tut mir Leid, Kirsten. Es tut mir wirklich, ehrlich Leid ...«, begann Kai, dann wurde seine Stimme wieder leiser. Er atmete tief durch. »Ich habe heute etwas erkannt. Zum ersten Mal in meinem Leben sorge ich mich um einen anderen Menschen mehr als um mich selbst. Ich hab dich verletzt, Kirsten, und ich würde alles in der Welt tun, um das wieder gutzumachen.«

»Ich verstehe dich nicht, Kai«, sagte ich mit unsicherer Stimme. »Du hast mir noch nicht erklärt, warum du aufgehört hast. Warum willst du mich hängen lassen?«

»Da war dieses Plakat in der Eingangshalle«, sagte Kai.

»Für die Regionalmeisterschaften. Ich hab's gesehen.«

»Da stand auch, dass die Landesmeisterschaften auf meiner alten Eisbahn in San Jose stattfinden«, sagte er zögernd.

»Und?«

Er sah mich an, als hätte ich keine Ahnung vor irgendetwas. »Kirstie, das musst du verstehen. Ich kann da nicht wieder hingehen und Paarlauf machen.«

»Also all das, nur weil du nicht auf der Eisbahn laufen willst, wo vor einem Jahr der Unfall war?«

»Es war nicht einfach nur ein Unfall. Ich hätte beinahe jemanden umgebracht. Sie hassen mich in dem Stadion.«

»Kai, du bauschst die ganze Sache unnötig auf«, sagte

ich. »Was immer in jenem Eishockeyspiel passiert ist – es ist vorbei und vergessen. Sogar deine Mannschaftskameraden haben gesagt, dass sie dich wiederhaben wollen.«

Er schüttelte den Kopf. »Du weißt nicht, wie das war – die Art, wie die Leute mich angestarrt haben. Das Getuschel hinter meinem Rücken. Jeder dachte, ich hätte es absichtlich gemacht – jedenfalls dachten die Funktionäre das, sonst hätten sie mich nicht gesperrt. Ich hab mich wie ein Sträfling gefühlt. Ich kann diese Leute nicht wiedersehen.«

Er saß da und starrte in die Dunkelheit. Der Nebel hatte die Lichter jetzt völlig eingehüllt. Und der traurige Klang eines Nebelhorns hallte über die Bucht.

»Du kannst nicht zulassen, dass diese schreckliche Sache dein ganzes Leben zerstört.« Ich nahm seine Hand. »Ich denke jetzt gar nicht an mich, an das, was passiert, wenn wir nicht mehr zusammen laufen. Du bist ein supertalentierter Läufer, Kai. Willst du wirklich deine Chance aufgeben, es bis nach ganz oben zu schaffen, nur weil ein paar Leute in San Jose über dich tuscheln könnten?«

Er schwieg für eine Weile, dann sagte er: »Wenn du es so formulierst, hört es sich wirklich ziemlich blöd an.«

»Solange du selbst weißt, dass du den anderen Jungen nicht absichtlich verletzt hast, kann es dir doch egal sein, was die anderen Leute denken.«

Er sah mich an und nickte ernst, seine Hand immer noch in meiner. »Ich glaube, du hast Recht.«

Ich legte meine andere Hand auf seinen Arm. »Außerdem, wenn du es als Eisläufer zu etwas bringen willst, musst du dich daran gewöhnen, unfair behandelt zu werden. Und die anderen Läufer werden dir auch fiese Sachen sagen, um dich nervös zu machen. Das gehört einfach zum Wettkampf. Und dann darfst du sie einfach nicht merken lassen, dass sie dich verletzt haben. Weil sie sonst gewonnen hätten.«

Kai legte seine Hand auf meine. »Ich habe dich vermisst, Kirsten. Ich habe es vermisst, mir dir zu laufen.«

Ich wartete lange, bevor ich antwortete. »Ich habe dich auch vermisst.« Ich hielt wieder inne. »Heißt das, dass du wieder mit mir laufen willst?«

»Ja, Kirsten. Wenn ich darf.«

»Du bist mein Partner, Kai, und wir werden die Regionalmeisterschaften der Pazifikküste gewinnen. Nichts anderes ist wichtig.«

»Stimmt nicht. Etwas anderes ist auch wichtig«, sagte er sanft.

Ich sah ihn etwas verwirrt an.

»Du und ich«, sagte er. »Wir sind wichtig.«

Seine Augen blickten warm in meine. Sie schossen längst keine eisblauen Blitze mehr ab. Sie waren jetzt sanft und glühten vor Zärtlichkeit. Ich schob mich näher an ihn heran und wurde überwältigt von Kais warmem Atem, als wir unsere Versöhnung mit einem zarten Kuss besiegelten.

Kapitel 15

Wir mussten zum Kurzprogramm ziemlich früh antreten, da wir als neues, unbekanntes Paar in der Rangliste ganz niedrig standen. Die bekannteren Paare liefen erst später am Nachmittag.

Wir standen vor der Eisfläche links von der Eingangshalle. Es gab zwei Eisflächen, beide mit den Abmessungen, die auch bei Olympia gelten. Kai erklärte, dass die eine für Eishockey, die andere für Eiskunstlauf war.

Das Eis war zehnmal so schön wie unseres in San Mateo. Es sah brandneu aus, als wär die Eismaschine erst vor einer Minute rübergegangen, und das Licht war überwiegend Tageslicht – nicht das Neonlicht, an das wir gewöhnt waren. Die Oberlichter in der Decke ließen den kalifornischen Sonnenschein herein. Um die Eisfläche hingen Flaggen aus aller Herren Länder.

Ich hatte noch nie ein so schönes Eisstadion gesehen. Allein vom Betrachten wurde mir klar, dass ich hier so gut laufen wollte wie noch nie zuvor.

Ich fasste Vladimir am Arm, der das Programm studierte. »Wie sieht es aus, Vlad?«

»Nicht schlecht«, sagte er und nickte gedankenverloren. »Natürlich ist es ein Hindernis, wenn man so früh laufen muss, aber für euch kann es auch ein Vorteil sein. Die Preisrichter sind dann noch nicht so müde vom vielen Zuschauen. Sie werden frisch sein und sich noch begeistern können, wenn ihr lauft.«

»Das hoffe ich«, sagte ich und sah Kai an. Jetzt, wo wir hier waren, fing ich an, nervös zu werden. Kai war den ganzen Morgen über sehr ruhig gewesen. Ich fragte mich, ob auch er nervös war.

»Euer Kurzprogramm ist leicht für euch«, fuhr unser Trainer fort. »Und es macht Spaß, euch zuzuschauen. Ihr werdet die Preisrichter zum Lachen bringen. Geht raus und habt euren Spaß.«

»Er hat leicht reden«, sagte Kai. Er packte meinen Arm, als wär ich sein Rettungsanker.

Wir glitten aufs Eis und nahmen lange, fließende Schritte, um uns aufzuwärmen. Ich lehnte mich auf mein Standbein und stieß mich mit dem Spielbein ab, bis ich Kais Geschwindigkeit erreicht hatte. Wir umrundeten die Eisfläche mehrmals ganz ruhig und fühlten mit jeder Runde mehr Kraft. Dann machte ich einen kurzen Sprint und begann, rückwärts zu laufen. Ich kreuzte einen Fuß hinter den anderen, bis ich wieder vor Kai stand. Er sah verkrampft aus, verkrampfter, als ich ihn je zuvor gesehen hatte.

»Ausatmen, Kai«, flüsterte ich. Ich musste zusehen, dass er sich entspannte; er durfte nicht mehr daran denken, dass seine Eishockeyfreunde jeden Moment auftauchen könnten. »Tief durchatmen – konzentrier dich auf mich. Stell dir vor, wir laufen ganz alleine auf einem tiefen Bergsee. Nur wir zwei. Bleib ruhig und konzentriere dich.«

Der Rock, der zu meinem Aufwärm-Outfit gehörte, blähte sich durch die Brise auf, und ich fühlte, wie sich mein ganzer Körper entspannte, als wir die gewohnten Bewegungen durchliefen.

Nach dem Aufwärmen trennten wir uns, um uns die Kostüme für das Kurzprogramm anzuziehen. Dies war unsere Ein-Roboter-erwacht-zum-Leben-Nummer, und wir hatten silber-metallicfarbene Kostüme, die eine Designerin aus Berkeley für uns entworfen hatte. Sie waren wirklich aufregend – und sie stachen aus der Masse hervor. Ich bemerkte, wie mich die anderen Mädchen in ihren normalen Kostümen anstarrten.

»Was soll das denn darstellen?«, fragte eine von ihnen.

»Einen Roboter«, sagte ich selbstsicher. Ich würde mich von ihr nicht aus der Fassung bringen lassen. Ich sah, wie sie ihrer Freundin spöttisch zublinzelte.

Wart's ab, bis du Kai und mich auf dem Eis siehst, dachte ich. *Dann werden wir sehen, wer hier lächeln kann.*

»Ich habe dich hier noch nie gesehen«, sagte ein anderes Mädchen. »Bist du noch nicht lange beim Eiskunstlauf?«

»Ja. Das hier ist meine erste Meisterschaft«, sagte ich. *Im Paarlauf*, fügte ich insgeheim hinzu und grinste innerlich.

»Sei nur nicht zu nervös. Es macht Spaß«, fuhr das Mädchen fort. »Ich bin sicher, du wirst es schon schaffen. Du solltest dir nicht allzu viele Sorgen machen, dass du bei deinen Sprüngen hinfällst.«

Ich wusste, dass sie mich verunsichern wollte. Beim Eiskunstlauf passiert sehr viel im Kopf. Man muss sich seine Kür im Geiste vorstellen, bevor man sie laufen kann. Man muss sich vorstellen, dass man die Sprünge, Pirouetten und Hebungen schafft. Und wenn man vor dem geistigen Auge immer nur sieht, wie man hinfällt, wenn man einen Sprung versucht, dann wird man garantiert den Sprung nicht gut hinkriegen. Es war ein ziemlich fieser Trick, aber ich war darauf vorbereitet. Ich würde mich durch nichts aufhalten lassen – durch nichts!

»Oh, ich bin nicht nervös.« Ich war versucht, einen Kommentar über die Landesmeisterschaften letztes Jahr abzulassen. Niemand, der bei den Regionalmeisterschaften der Pazifikküste gelaufen war, hatte es je bis zur Landesmeisterschaft geschafft. Keiner außer mir jedenfalls. Aber ich sagte nichts. Es würde viel lustiger werden, sie ohne Vorankündigung vom Eis zu fegen.

Ich sprühte mir eine letzte Schicht Haarspray über und ging raus, um Kai zu treffen. Er saß mit ein paar anderen Läufern auf einer Bank in der Wartezone. »Hallo, Roboter!«, rief ich. »Ich hoffe, alle Stromkreise arbeiten gut.«

Er brachte ein gepresstes Lächeln fertig, aber er sah immer noch ziemlich verkrampft aus.

»Hast du gesehen, wie viele Zuschauer da sind?« Kai deutete mit dem rechten Arm über die gesamte Eishalle hinweg.

»Du hast gesagt, du läufst gern vor großem Publikum.«

»Ja, aber nicht vor diesem Publikum. Ich werde bestimmt stolpern, wenn ich ein bekanntes Gesicht erkenne.«

»Denk an den Bergsee, Kai«, flüsterte ich ihm ins Ohr. Ich küsste ihn und wünschte ihm viel Glück. »Du wirst es schaffen. Sobald die Musik anfängt, wirst du alles vergessen, bis auf das, was in unserer Kür als Nächstes kommt. Und wenn einer von uns etwas verbockt oder hinfällt, denk gar nicht darüber nach. Geh einfach zur nächsten Figur über. Alles klar?«

»Ja, Frau Lehrerin«, sagte er. Dann drückte er meine

Hand. »Mach dir keine Sorgen. Ich werde dich nicht hängen lassen.«

Plötzlich rief der Stadionsprecher das erste Paar auf das Eis. Sie waren beide noch ziemlich jung, Nachwuchsläufer aus Oregon. Und sie waren furchtbar nervös. Das Mädchen fiel siebenmal hin. Ich konnte mir nicht helfen, sie taten mir nur noch Leid. Ich sah kurz zu Kai hinüber. Sein Gesicht war eine Maske. Ich wusste, dass er Angst hatte, uns würde es genauso ergehen wie dem ersten Paar.

Das erste Paar bekam Noten mit einer Drei vor dem Komma. Sechs ist die Höchstnote, und man braucht Noten um 5,5 herum, wenn man eine Chance auf eine Medaille haben will.

Das nächste Paar war besser, aber ihrer Art zu laufen fehlte das Gefühlvolle. Ihre Noten waren niedrige Vierer.

Jetzt waren wir an der Reihe. Bevor wir aufs Eis traten, nahm ich Kais Hände und sah ihm direkt in die Augen. »Denk dran: tief atmen«, sagte ich, als wir beide die kalte Luft einsogen. Ich atmete aus und sagte: »Konzentrier dich auf mich … auf uns. Wir werden sie alle wegpusten.«

Kais Hand zitterte, als wir auf das Eis traten. Ich hoffte, dass er sich entspannen würde, sobald der Lärm der Menge erstarb und die ersten Klänge unserer Musik ertönten. Dass er unseren Augenblick im Rampenlicht genießen würde.

Als die Musik begann, waren wir in der Mitte der Eisfläche. Wir gingen langsam in unsere Roboterbewegungen und liefen voneinander weg. So weit, so gut. Dann kamen die Parallel-Axel. Die Vorbereitung war gut, aber Kai wackelte etwas bei der Landung und verlor beinah sein Gleichgewicht. Glücklicherweise war er stark genug, um sich zu fangen, bevor er fiel. Ich lächelte, als er meine Hand ergriff. Jetzt kamen eine Pirouettenkombination und ein paar Tanzschritte Seite an Seite ... Wir packten eines der geforderten Elemente nach dem anderen.

Wir liefen technisch perfekt, aber ich konnte die Gefühle nicht spüren, die sonst da waren, wenn wir zusammen liefen. Stattdessen merkte ich, wie Kais Nervosität auf mich übersprang. Wenn wir doch nur unsere lange Kür zuerst hätten laufen dürfen – da waren wir wirklich spitze. Unser Kurzprogramm war viel zu zerfahren und uns fehlte das völlige Eintauchen in die Musik.

Als wir fertig waren, gab es lauten Beifall, aber ich war nicht sicher, wie gut wir wirklich gewesen waren. Kai und ich liefen zur Bande, von wo Vladimir uns zugesehen hatte, und warteten auf die Noten. 5,3; 5,4 ... bis jetzt waren sie besser, als ich gehofft hatte. 5,5; 5,3 ... alle im Fünferbereich.

»Ihr habt es gut gemacht«, jubelte Vladimir und legte seine Arme um unsere Schultern. »Ein bisschen zu verkrampft – was die Preisrichter bemerkt haben –, aber die Elemente waren alle da. Wenn ihr unter die ersten sieben kommt, habt ihr, glaube ich, eine gute Chance.«

Jetzt mussten wir warten und die anderen Läufer beobachten und immer darum beten, dass sie nicht sehr viel besser waren als wir.

Ich zog mir wieder Sweatshirt, Jacke und Trainingshosen an, um mich warm zu halten. Dann gingen Kai und ich ganz nach oben auf die Zuschauertribüne. Von dort hatten wir die beste Sicht auf die Konkurrenz. Die meisten anderen Paare sahen ganz gut aus, aber viele vermasselten ihr Kurzprogramm völlig; sie fielen hin oder waren überhaupt nicht synchron.

Plötzlich setzte sich jemand direkt neben uns. Ich blickte auf. Ich hatte Vladimir erwartet, der uns auf unsere Kür vorbereiten wollte. Aber es war nicht Vladimir. Es war ein dunkelhaariger Junge mit einer Eishockeyjacke der Sharks.

»Hallo, Kai, wie geht's denn so?«, fragte er.

»Jeff! Was machst du denn hier?«, rief Kai. Er drehte sich zu mir um. »Das ist Jeff Bateman. Er war in meiner alten Eishockeymannschaft. Einer der besten Spieler.«

»Der Beste, seitdem du weg bist«, sagte Jeff lachend.

»Erzähl mir bloß nicht, du bist hergekommen, um Eiskunstlauf zu sehen«, sagte Kai.

»Das nun nicht gerade«, erklärte Jeff. »Aber ich habe euch beide gesehen. Ihr wart grandios. Ich kann's einfach nicht begreifen, wie du das so schnell gelernt hast. Aber es hat ja noch nie etwas gegeben, das du auf Schlittschuhen nicht gekonnt hättest, oder?« Er lehnte sich zu Kai hinüber. »Eigentlich bin ich hier, um mich mit Tommy Reiley zu treffen. Er ist heute im Stadion.«

»Tommy Reiley? Der Eishockeytrainer vom Boston College?« Kai war plötzlich ganz aufgeregt ... zu aufgeregt.

»Yeah, und ich habe gehört, dass er ein paar Stipendien zu vergeben hat. Ich habe in zehn Minuten eine Verabredung mit ihm.«

»Gut für dich, Kumpel. Mach was draus!« Kai schlug ihm anfeuernd auf die Schulter.

Jeff sah ihn ernst an. »Warum kommst du nicht mit?«

»Ich?« Kais Augenbrauen gingen in die Höhe.

»Na los, Kai. Du weißt, dass sich alle College-Mannschaften um dich gerissen hätten, wenn dieser Unfall nicht passiert wäre. Komm wenigstens mit und sprich mit Reiley. Vielleicht lädt er dich zum Probetraining nach Boston ein«, lockte Jeff. »Wenn ich mich recht erinnere, wolltest du immer schon zum Boston College, oder nicht?«

»Ja, aber ... Ich habe seit fast einem Jahr kein Eishockey mehr gespielt, Jeff.«

»Na und? Dein Team war amerikanischer Meister der Oberstufenmannschaften – oder etwa nicht? Reiley weiß, wer du bist.« Er packte Kais Arm. »Kai, das ist deine große Chance, diesen ganzen Blödkram hinter dir zu lassen. Du hattest Pech. Jetzt kann sich das wieder ausgleichen. Du und ein College-Trainer. Unter vier Augen. Was kannst du mehr verlangen?«

Kai hatte mich bisher nicht angesehen. Es war, als wäre ich einfach in der Erde verschwunden. Ich räusperte mich.

»Nun, äh ... Kirsten und ich müssen uns auf unsere Kür vorbereiten ...«, begann Kai.

»Das ist doch erst in ein paar Stunden«, meinte Jeff. »Komm wenigstens mit und sprich mit ihm. Was kannst du schon verlieren?«

Kai stand auf. »Ich glaube, ich würde ihn gerne sprechen. Er ist immer mein Idol gewesen.«

Endlich drehte er sich doch zu mir um. »Ich werde bald wieder hier sein, Kirsten. Geh nicht weg, okay?«

Er gab mir keine Gelegenheit, »Nein« zu sagen, als er dir Treppe hinunterrannte. Mir war kalt und ich hatte Angst. Ich wickelte mich in meine Jacke und schlang die Arme um mich. Ich konnte es nicht glauben. Dieser blöde Trainer würde Kai wahrscheinlich ein Stipendium zum Eishockeyspielen anbieten. Und natürlich würde Kai annehmen. Wie konnte er ein solches Angebot ablehnen? Er hatte immer gesagt, dass Paarlauf nicht seine Traumsportart war. Er wollte ein Eishockeystar werden, und jetzt bekam er die Chance dazu. Ich wusste, dass ich ihm nicht im Weg stehen durfte. Er liebte Eishockey. Wenn Eishockey das war, was er wirklich wollte, dann verdiente er diese Chance.

Ich tat so, als würde ich das Programmheft lesen, als Kai auf die Zuschauertribüne zurückkam. Ich hatte Angst davor, sein dunkelblondes Haar anzusehen oder sein perfektes Lächeln. Ich würde bestimmt zusammenbrechen und ihn anflehen, bei mir zu bleiben.

»Hi«, sagte er und setzte sich neben mich.

»Hi. Was hat dieser Reiley gesagt?«, krächzte ich hervor.

»Er ist sehr nett«, sagte Kai. »Ich bin froh, dass ich die Gelegenheit hatte, ihn kennen zu lernen.«

»Hat … hat er gewusst, wer du bist?«, stammelte ich. *Nimm dich zusammen, Kirsten.*

»Ja, hat er. Ich war völlig überrascht.«

»Hat er dir ein Stipendium angeboten oder so was …?«

»Ja, hat er«, sagte Kai. »Er hat mir sogar einen Freifahrschein angeboten. Er will, dass ich für ein Wochenende nach Boston fahre und mit der Mannschaft trainiere.«

»Kai, das ist großartig …«, schaffte ich zu sagen. Aber ich klang nicht sehr begeistert. »Wenn es das ist, was du wirklich willst.«

»Ich habe zu ihm gesagt: Danke, nein.«

»Du hast was?« Ich sah ihn von der Seite an.

Er lächelte. »Ich habe ihm gesagt, dass es mehr Spaß macht, dich über das Eis zu werfen.« Dann wurde er ernst.

»Du hast doch nicht geglaubt, dass ich dich verlassen würde, oder?«

»Ich hatte Angst, du würdest. Ich weiß, dass Eishockey dein Ein und Alles ist.«

»Falsch. Eishockey *war* mein Ein und Alles«, sagte er. »Ich kann nicht immer nur zurückgehen. Ich habe jetzt ein neues Ein und Alles, und Eislaufen ist nur ein Teil davon.«

»Im Ernst?« Ich fühlte, dass meine Augen glänzten. Ich spürte ein gewaltiges Glücksgefühl in mir aufsteigen.

»Im Ernst. Und jetzt lass uns die Kür packen, dass die Preisrichter vom Stuhl fallen.«

Ich ging in den Umkleideraum und zog mir mein dunkelblaues, fließendes Kostüm für die Kür an. Meine Mutter half mir, die blaue Kappe festzustecken, die voller Pailletten war. Ich hatte Angst, sie könnte während der Todesspirale herunterfallen. Dann nahm sie die elektrische Haarbürste, um ein paar Locken in mein langes Haar zu zaubern. Als sie fertig war, erkannte ich die elegante, fremde Person nicht, die mir aus dem Spiegel entgegensah.

Dann sah ich ein bekanntes Gesicht im Spiegel auf mich zukommen und drehte mich um. Alice. *Was macht sie denn hier?*, dachte ich. *Sie läuft doch heute gar nicht.*

»Viel Glück, Kirsten«, sagte sie. »Ich bin gekommen, um mich zu verabschieden.«

»Verabschieden?« Ich verstand sie nicht.

Sie nickte, ihre Augen strahlend vor Aufregung. »Vlad hat es arrangiert, dass ich in Kanada trainiere«, erklärte sie. »Ich fliege morgen nach Calgary.«

»Wow, Alice. Was sagt denn deine Mutter dazu?«

Alice grinste. »Sie bleibt hier. Ich werde bei meiner neuen Trainerin wohnen. Ich bin so aufgeregt, Kirsten. Vielleicht schaffe ich es jetzt, dass mir Eislaufen richtig Spaß macht. Ich weiß, es wird hart werden, aber wenigstens wird mir nicht meine Mutter die ganze Zeit auf der Pelle hocken.«

»Das ist ja großartig, Alice«, sagte ich. »Vlad hat sich ja echt ein Bein für dich ausgerissen.« Ich umarmte sie. »Ich wünsche dir alles Gute. Und vergiss nicht, mir zu schreiben. Ich will alles hören über deine neue Trainerin und wie es so ist in Kanada.«

»Dir auch viel Glück«, sagte sie. »Geht raus und gewinnt heute. Du und Kai, ihr habt so hart gearbeitet. Niemand verdient so sehr zu gewinnen wie ihr. Ihr seid füreinander gemacht.«

Füreinander gemacht. Das klang gut.

Ein paar Minuten später traf ich Kai und Vladimir auf den schwarzen Gummimatten außerhalb der Eisbahn. Kais Augen leuchteten auf, als ich näher kam.

»Du siehst wunderschön aus, Kirsten.«

»Du siehst auch nicht schlecht aus«, gab ich zurück. Sein dunkelblauer Rollkragenpullover passte genau zu meinem Kostüm. Das Blau betonte sein dunkelblondes Haar.

Diesmal liefen wir in der letzten Gruppe. Nach der Auswertung der Ergebnisse vom Kurzprogramm waren wir Sechste gewesen. Dadurch hatten wir eine echte Chance, in die Medaillenränge zu kommen.

»Geht einfach raus und lauft füreinander«, gab Vladimir seine Anweisungen. »Lauft, als wärt ihr die einzigen Eisläufer im ganzen Universum.«

Plötzlich dröhnte die Stimme des Stadionsprechers durch die Halle. »Und jetzt, aus San Mateo, Kalifornien – Kirsten Hayes und Kai Bergstrom!«

»Viel Glück, Kirsten!«, schrie eine laute Stimme aus dem Publikum.

Ich sah mich um und war überrascht, Troy und Tanya zu sehen. Sie winkten Kai und mir wie verrückt zu. Beide hatten einen Strauß Rosen in der Hand. Ich strahlte sie an, als wir aufs Eis glitten.

Von dem Augenblick an, in dem wir auf die riesige, glitzernde Eisfläche traten, waren die nächsten fünf Minuten ein einziger Rausch. Die Menge wurde still und die ersten Akkorde unserer Musik erklangen. Ich zählte im Kopf – eins, zwei, drei, vier –, bevor ich mit Kai auf das Eis glitt. Wir legten jeden Sprung und jede Pirouette, die wir so lange geübt hatten, makellos hin.

Die Musik flutete über mich hinweg, als wir uns auf die Stemmhebung vorbereiteten. Plötzlich trugen mich Kais Arme, als ich hoch über seinem Kopf schwebte. Die Zuschauer tobten so laut, dass ich fast Angst hatte, taub zu werden.

Meine Kufen trafen wieder gleitend auf das Eis, als ich eine erstklassige Landung hinlegte. Es war wie in meinen Träumen, und ich wollte, dass es niemals aufhörte.

Kai und ich machten jeder eine schnelle Drehung, sodass wie uns gegenüberstanden. Ich grub meine rechte Schlittschuhspitze ins Eis und schoss mit unglaublicher Kraft in die Höhe. Nebeneinander machten Kai und ich unsere Spagatsprünge, bei denen wir mit den Fingern unsere Stiefelspitzen berührten. Als ich neben Kai auf einem Bein landete, ging ein gewaltiges Lächeln über mein Gesicht. Wir waren Olympia wieder einen Schritt näher gekommen.

Wir hielten unsere dramatische Schlusspose in der Mitte der Eisfläche, während Blumen von den Rängen regneten und das Eis bedeckten. Wir drehten uns zu den Preisrichtern um und ich machte einen graziösen Knicks. Kai verbeugte sich. Dann liefen wir winkend zur Bande.

Kai packte mich und wirbelte mich durch die Gegend. Dann setzte er mich sanft auf die Gummimatten und lehnte sich herunter für den süßesten, zärtlichsten Kuss, den ich je bekommen hatte.

Kai sah mich an, und seine Augen sprühten Feuer. »Wir haben es geschafft, Kirsten«, sagte er. »Wir sind ein tolles Team. Auf dem Eis und überall!«

Wir wurden nicht Erste an diesem Tag. Aber das machte uns nichts aus. Wir wurden Dritte – und damit waren wir für die Landesmeisterschaften qualifiziert! Kai und ich feierten am Abend mit unseren Eltern und Vladimir in einem Restaurant. Vladimir warnte uns, dass dies der letzte Abend sein würde, an dem Feiern erlaubt war – wir hatten eine Menge Arbeit vor uns, wenn wir bei den Landesmeisterschaften gut aussehen wollten.

Kai und ich lächelten uns heimlich zu. Denn wir wussten es beide: Unser beider Träume waren zu einem einzigen geworden. Und nichts würde uns daran hindern, ihn wahr werden zu lassen ... genau, wie uns nichts daran gehindert hatte, uns ineinander zu verlieben.